您撥的電話未開機！

李偉文／著

自序一

學會關機的生活

十多年前在報社擔任記者的老朋友廖和敏曾寫過一段話，我將之奉為座右銘：「年輕人拚命裝B.B. CALL，就怕別人找不到；我則把它放在抽屜裡，就怕被找到。」那時心裡真的會暗自認為：「找到我是你運氣，找不到我是我福氣。」

二十歲以下的年輕人也許不知道什麼是B.B. CALL呼叫器，網路剛開始發展、行動電話尚未發明的時代，若要緊急找人，只能撥打他的呼叫器號碼，然後等待他儘快設法找到一具有線電話回撥給你。

時代的變化真是一日千里，現代人只要帶著手機，就與全世界連結在一起，不但沒有了空間的隔閡，甚至連時間也被壓縮成同步。方便固然是方便，但另一方面來看，無論何時何地、分分秒秒，都無所遁逃於天地之間，彷彿被纏繞困在蜘蛛網中的蝴蝶，動彈不得、透不過氣。

不分日夜即時的接觸與溝通真的有那種必要性嗎？我甚至懷疑手機和網路並沒有讓人因為方便而增加與其他人溝通的機會，反而會形成更多物以類聚的小團體，讓我們和固定的朋友所形成的封閉文化更加鞏固。

我需要獨處的時間，不被人打擾的獨處時間；我渴望可以安靜地讀書、想事情，不要被隨時打來的電話干擾。我也不喜歡凡事必須立刻答覆、立刻決定，希望能留一點醞釀與思考的時間。當我們對任何事物都以電子般的速度，快還要再快，一切快速決定，當然也同時快速過時，立即失效，而我一點都不想要立刻作廢的人生。我能不能夠不要那麼有效率，我不希望時時刻刻只看到必須完成的事，以及必須達成的目標，卻感覺不到自己。

當然，手機常關機、從來不回覆別人的來電、更少主動打電話給別人，的確會得罪不少朋友，但一直記得多年前聽李敖講過一句話：「得罪別人，常常不能做事；但得罪自己，往往不能做人。」在做事與做人之間，我選擇做人。

我們在年輕時怕別人不喜歡自己，怕自己不受大家歡迎，年紀愈大，反而愈來愈在乎是不是喜歡自己。有時候覺得，人到中年，若還過度在乎別人的看法，未免活得太可悲了吧！一個人喜不喜歡自己是很重要的，中年以後，已經沒有不快樂的權利，如果不快樂，也要自己負責，不能把責任推給別人。

整天掛在網上、頻頻看著手機有沒有傳來新訊息、時時刻刻與朋友維持著即時通，就真的能瞭解這個世界嗎？這是個話語往來頻繁、心靈卻長期隔絕的寂寞時代，而且世界資訊太多、變化太快，若我們不斷追趕瞬間成為垃圾的消息，反而會淹沒溺斃在訊息大海裡，尼采說過：「在大海裡渴死，是非常可怕的事。」這正是現代人焦慮與憂鬱的來源。

目錄

#2——請稍候再撥 日常漫步

目錄 一

#3——目前收不到訊號 鄉野行路

#4——電信系統忙碌中　抒懷瞻顧

#1

轉接到語音信箱

靜思獨處

人人有怪癖

知名導演伍迪．艾倫（Woody Allen）曾說：「從小時候起，我就經常找錯女人，這就是我的煩惱。我母親帶我去看『白雪公主』，人人都愛上白雪公主，我卻愛上那個老巫婆。」

這段話是才子的俏皮說法，過去一個人的興趣喜好如果和其他人不一樣，是件很丟臉的事情，通常會故意隱匿不讓人知；但是時代改變了，這是個怪咖當道的世界，就有行銷書籍提到：現今小眾勢力崛起，愈怪愈有商機，因為資訊爆炸的高度互動時代，平凡無奇的消息沒人有興趣，只有夠怪、夠嗆的人事物，才能引起眾人的討論與矚目，然後迅速傳播出去。

如果只是單純有某種特殊喜好，不影響到別人，當然沒問題，這也是世界繽紛有趣之處，沈從文曾寫：「一個人如果無所傾心，那就不太像一個人了！」傾心就是一個人熱情之所在，往往指的是投注絕大精力在別人不屑一顧的事物上。

我多年來的體會——人人都有怪癖，有些是外顯的，美其名為風格，更多的是不足為外人所道的。

我的怪癖也不少，雖然自認為很正常，但是某些習慣確實把周遭的朋友搞得雞飛狗跳。首先是不喜歡打電話，更討厭接電話，這個毛病在卸下許多組織職務、變成自由人之後，似乎變本加厲，只要能用電子信件聯絡的事情，就不用電話來談；複雜到無法用電子信件溝通的，就直接見面談。手機當「可移動式公共電話」使用，一個月開機時間不到幾小時，未開機成了常態。通常在與別人約定碰面的預定時間前十分鐘才會打開，碰到面後就立刻關掉了。

另一個怪癖是，所有有期限的邀約（不管什麼事情，只要是非做不可的任務或承諾），一定在最後交稿倒數計時才開始動手。這是從學生時代養成的壞毛病，作業或考試都在期限截止前才開始著手準備，然後趕在交卷的最後一刻及時完成。數十年來，幾乎沒有例外。

我曾分析過這個爛毛病，或許是潛意識裡認為：「既然是非做不可，到時候就一定會做好，太早準備，豈不是『浪費』了可以做其他事情的時間。」這種「閒人所忙，忙人所閒」的習慣，也出現在生涯的選擇：別人忙著看病人賺錢，我卻花很多時間參與無給職的社會公益。

我瞭解自己的壞習慣，因此常勉強接下許多任務，逼自己多做點事，雖然每次到最後關頭時，總會忍不住埋怨怎麼老是自討苦吃。也可能是因為心腸軟，不忍心拒絕別人，說得好聽是「與人為善」，別人開口了，我做得到的事，當然義不容辭了！

這種非到最後關頭絕不動手的毛病，過去幾十年來，雖然過程驚險，但大致都能如期完成任務；直到近一、二年來，年紀愈來愈大，體力慢慢衰退，偶爾會有一件、二件沒有及時完成的事，甚至脫稿開天窗，才領悟到專注與效率必須有精神與體力做後盾，有時是勉強不來的。

接下來我的生命課題是學習慢下來，花更多時間來做更少的事，就像《小王子》書中的狐狸所提醒：「**你對你玫瑰所花的時間，使得你的玫瑰變得重要！**」

我們願意為哪件事花時間，就能使那件事變得重要，
不論是擠牛奶，或只是看著天空發呆。（內蒙古）

與世界維持一點懸念

我喜歡「懸念」這兩個字，它不像「想念」這麼具象與明確的指涉，懸念所呈現的是一種氛圍、一種感受與情緒，那種自己與周遭萬事萬物若有似無之間，確確實實懸繫住的關係。

心中保有這種懸念，我們就比較容易從日常生活瑣碎的事物中，體會到禪意。

禪宗有個著名的公案。

有律禪師某天扣問大珠慧海禪師：「和尚修道，還用功否？」

慧海禪師回答：「用功。」

問曰：「如何用功？」

禪師曰：「饑來吃飯，睏來眠。」

這時，有律禪師好奇了，再問：「一切人都如師父用功否？」

禪師曰：「不同。」

問曰：「何故不同？」

禪師曰：「他吃飯時不肯吃飯，百般需索；睡時不肯睡，千般計較，所以不同也！」

的確，許多人幾乎不曾活在當下，好好感受周遭的一切，整個心思都是「生活在他方」，總在煩惱過去，擔心未來。做這件事時想著另一件事；和這個人聊天時，卻又掛念著下一個約會時間快到了；即使放假休息，又忍不住想著哪些事還沒做。

或許是因現代人工作壓力大，每天被時間追著跑，連帶著在偶爾的空檔或休閒時間也汲汲皇皇、心神不定，時時刻刻感覺到無法止歇的壓力；反映在日常生活中，就是頻頻看錶，擔心著時間。因此，我們更要提醒自己，隨時主動或刻意地讓自己「偷得浮生半日閒」，靜下心來，透過生理上的雙眼和心靈之眼，重新感受周遭的一切，隨順意念去體會「萬物靜觀皆自得，四時佳興與人同」。

有位擔任追蹤動物足跡的「追蹤師」在教導學生時發現：「多數人會錯過發生在眼前百分之九十的事物，他們注意不到、沒有印象，只因沒有生活在當下，而生活在未來——接著我該怎麼做？再來我要去哪裡？使自己變成絕緣體，無法看見周遭，無法與近身事物產生關聯。我教導學生要觀察，然後參與，先是身體的，然後是精神的，但這兩者其實是緊密相連的。」

現代不僅是人與人之間很疏離，人與周遭的一切事物也非常疏離，主要原因除了世界局勢變動劇烈所帶來的焦慮不安之外，物質太豐盛、聲光娛樂太刺激，都讓我們無法安靜下來；尤其手機聲響彷若催魂鈴，讓人無所遁逃於天地之間，世界雖大，卻無處能夠單獨安靜地面對自我。

自然哲學家梭羅(Henry David Thoreau)曾說：「感受生活的品質，那是藝術最高的境界。」我們一定要想辦法每天創造獨處的時光，即使只有短短十多分鐘，盡量在簡單的生活中拾回活在當下的感受。當我們願意給自己一些時間與空間，才能開始真正看見人、看見自己。

吃飯時好好吃飯，走路時好好走路，日常生活即是修行道場。（京都）

「懸念」呈現的是與萬事萬物之間，若有似無卻緊密懸繫的關係。（澎湖）

擦肩而過的因緣

經常在不同場合、不同團體，遇到來自不同工作領域的朋友，他們會問：「我只是個平凡的上班族（或家庭主婦或學生，或做工的人），力量很微薄，能夠幫得上什麼忙嗎？」

我們知道社會上有太多不公不義的事，也有太多人陷於巨大的困境等待救助，甚至知道整個世界上有許多艱難的挑戰等待克服，而我們都是必須為生活奔走的小老百姓，或是必須為三餐溫飽而傷腦筋的基層勞工，那麼，我們可以做什麼？

我想起二個故事。

韓國最傑出的女演員金惠子（四十多年來，演了近百部電視劇與連續劇，獲獎無數），出版了《雨啊，請你到非洲》，除了銷售百萬本之外，還帶動了韓國人投入公益團體當志工的風氣，她在書中透露了投身到非洲當志工的轉折。

十多年前，她在拍戲告一段落的空檔，原本計畫要和女兒到歐洲度假，臨行前接到世界展望會的邀請，希望她能到非洲訪問，當時她以為會是一趟比歐洲更刺激的旅行，會有成群的羚羊及大象活生生出現在眼前，於是馬上答應了邀請。想不到行程中看到的卻是非洲的苦難，深深震撼了她，令她非常難過。她說：「白天探訪難民營，晚上回到豪華的飯店，躺在柔軟的床墊上，忍不住痛恨起虛偽的自己。」

回到韓國，大明星救助非洲小孩的畫面，成了募款的行銷利器，媒體甚至以「超級明星金惠子成了慈善家」的標題來大加讚美，讓她感到非常痛苦而試圖逃避，不願意再次踏上非洲的土地。有天，一個在加工出口區做裁縫的年輕女孩，拿了多年存下來的幾萬元交給她，請她幫忙用以救助非洲的孩子。這個女孩的小小舉動給了金惠子重新前往非洲索馬利亞的勇氣，而後十多年來，她每年都會親自去到非洲關心當地的人們。她的慈善行為感動並影響了非常多人，若沒有當初那位女孩的鼓勵，也不會有金惠子後半生的歷程。

另一個故事是林懷民在《擦肩而過》書中所寫的：「每逢有人問我如何熬過這麼些年的歲月，立時當刻，我總答不出話來，腦海裡擠滿了人影，許多竟是不知名姓的臉孔……」他提到有次坐計程車，司機堅持不收車資，他幾乎是被推下車的，司機說：「林先生，要更打拚，要替臺灣人爭口氣！」他寫道：「**站在日正當中的臺北街頭，我舉步維艱，這位先生不知道我大部分時間都用在和自己的無力感奮鬥……**」

還有一次經驗是在颱風夜和另一個人共乘計程車。

林懷民形容：「他是建築工人，退伍一年多，一個月可以賺一萬八、九，如果加班，可以有兩萬三、四。有問必答，很安靜，也很簡單。辛苦嗎？他詫異地扭過頭來說：『什麼工作不辛苦？』車子停了，他掏出錢來要給我。我說是順道的，本來就是我該付的。他略略猶豫，『那就謝謝了！』他下車，點頭致意，轉身走向狂風暴雨的工寮，沒有奔跑……」

我懷念擦肩而過的人們，驚鴻一瞥，卻在彼此心裡住了下來。（京都）

林懷民最後說：「我懷念風雨中行正走穩的黑衫青年，懷念許多擦肩而過的朋友。驚鴻一瞥，卻在我心裡住了下來，我記住那些不知姓名的臉孔，記住他們的自信和生命力，在洩氣喪志的時候，拭亮他們的影像來喚醒自己，重新找到面對現實的力量。」

這幾個故事經常在我腦海中浮現。我們當然沒有金惠子或林懷民的影響力或貢獻，但在世間因緣的流轉中，相信任何的善意與付出，總會留下痕跡，即便沒有錢、沒有才能可以幫得上什麼忙，而「對一件好事表示感謝，如同做一件好事一樣偉大」。

何況現在是個無邊界的世界，透過網路、透過人與人頻繁的接觸，即便只有一個人，只要持續將美好的訊息傳播出去，只要不斷對別人的努力給予真誠的讚美，就像那位做裁縫的女孩或計程車司機一樣，或許是微不足道的行動，卻造成了巨大的影響。

我們也許無法登高一呼、引領風潮，但是絕對可以隨時保持著「準備好」的心情，一旦發現有人願意挺身而出時，可以馬上有善意的回應，好讓初萌芽的種子有生根茁壯的機會。

我更期望大家能夠成為那個可能被踐踏、也可能被呵護的種子，或者我們也可以積極主動做個播種的人，成為每個善意的傳播者與因緣的起始點。

人生就像丟迴力棒

有人形容人生好像在丟迴力棒一樣，雖然用力朝一個方向丟出去，卻不知道它會從什麼方向轉回來。

這幾年常常想到這句話。

學生生涯中，我幾乎沒有認真上過一堂課，在教室裡不是胡思亂想做白日夢，就是偷看課外書；高中和大學，請公假加上蹺課，在教室外的時間遠比在教室內的多。因此，正規的課業幾乎全都是自力救濟，或者說是自力更生也頗為恰當。

這麼一個不專心聽課的人，現在居然經常站在演講臺上說話，大概是老天爺在處罰我吧！

有個朋友當上教授之後，說最大的痛苦是每次上課都必須到，再也不能享受蹺課的樂趣。我相當同情，也能理解。

一天裡的溫柔時光

世界知名舞蹈家紐瑞約夫(Rudolf Nureyev)曾說：「家是有人在等你的地方。」

若是忙碌了一天，到了深夜才能回家，又知道沒人在家裡等你，你想回家又不想立刻回家，這時候會想去哪裡？

這種矛盾的心情，如同作家唐諾所描述的酒吧：「漫漫人生，難免碰上某些較沉重，並不宜於帶上床睡覺的事物，你得想辦法在臨睡之前，趕緊把它忘掉，然而，作為人的永恆悲哀之一是：記憶／遺忘，這檔子事不能呼之即來揮之即去，因此，我們也只有退而求其次的好好找個地方把它們安放起來。

隨著時光轟轟向前，這些不好帶回家的記憶愈積愈多，乃至於逐步裝滿這些酒店之後，酒店遂成為記憶本身的象徵，成為浩浩時間長河中的一個航標。」

《深夜食堂》就是這樣一個地方。

曾有段時間，每天晚上臨睡前，我會看一集由暢銷

每晚臨睡前，讀點書，恰好可在一天忙碌之後，
過渡到溫暖的夢鄉。

漫畫改編的日劇，每集短短二十二分鐘，長度恰好可幫我在一天疲憊之後過渡到溫暖的夢鄉。

日劇拍得比漫畫原著好看多了，演員演技很好，沒有一般戲劇灑狗血似的悲情、誇張與變態，節奏平穩，沒有所謂的高潮迭起或張力，卻有一種淡然笑看人生悲歡離合的豁達，那股歷經歲月與滄桑後，彼此溫暖的對待，非常動人。

跨年過後的元旦夜，我站在陽臺上望向冷冷清清的臺北盆地，已沒有昨晚此起彼落的煙火，因住在社區裡最高的一片山坡上，整片落地觀景窗直接望過臺北盆地看到淡水河出海，寒流鋒面也可以一無遮蔽地直撲而來。

半夜山上的空氣已可以用冰凍來形容。忽然想起一首歌曲——〈雪歌〉，對於〈雪歌〉印象特別深刻是因民國六十幾年，以大專兵身分在成功嶺接受暑期集訓，有次在大太陽底下出操，熱得不得了，又累得不得了，中場下課幾分鐘，拿著槍躲在樹蔭下喘氣，忽然聽到擴音機傳來這首歌：「雪中有一首歌，一首冷冷的歌……」因歌詞內容與現場情況反差太大了，腦海中就烙印下這荒謬的場景了。

如今在天寒地凍的山上，倒是挺符合〈雪歌〉的情境，看著依稀有些燈火的山徑，又想起一首校園民歌——〈留一盞燈〉。

留一盞燈，讓流浪的人有一種回家的感覺；

留一盞燈，讓晚歸的人有一種被等待的感覺。

不要讓孤獨，常常來作客，

不要讓寂寞，啃蝕疲倦的心靈。

留一盞燈，留一盞燈。

學生時代，特別是在大四時，忙完一大堆事情，回家總在半夜時刻。獨自一個人騎車回到稻田邊的租賃住處，在完全漆黑的路上，我經常唱著這首歌。

每個人內心總有沮喪脆弱、憂思難解的時刻，都曾身處孤立無援、四顧無人的情境，這時，即便身邊細雨紛飛，只要遠方亮起一盞守候的燈，便成了趕路時可貴的慰藉。

每個人都在流浪，在生命之旅中不斷飄遊，而人與人之間關懷的問候、溫暖的對待，就是那盞明燈，讓人有回家的感覺。

我們或許沒有深夜食堂或溫柔酒吧可暫時棲身，每晚入睡前，還是可以給自己一段溫柔的時光。

古人說：「冬者，歲之餘；陰者，月之餘；夜者，日之餘。」這三餘空閒，正是讀書的好時機。古人的三餘在今日解讀之下，冬天的確是一年辛苦之餘反省沉澱的時節；夜晚也是一天忙碌之餘可以輕鬆的時間；另一餘呢？寫日記、寫文章、看書、聽音樂，是認真生活之餘，品嘗豐富生命的溫柔時光。

這段睡前時光非常珍貴，選對適合心情的書或影片相形重要。以漫畫來說，我很喜歡看《人間交叉點》與《黃昏流星群》，還有一部影片《櫻桃小丸子》也不錯，如同《深夜食堂》一樣，都是短篇故事，一個故事五至十餘分鐘就可看完，經常陪伴我在感動的氛圍下進入夢鄉。

前陣子朋友拿了一本由日本漫畫家櫻桃子所寫的散文《一個人相撲》給我，又讓我想起第一次與《櫻桃小丸子》邂逅的記憶。

那是二十多年前，我在醫院工作，我們一群住院醫師不管結婚與否，都正當年輕力壯，忙碌的門診之餘，會彼此交流一些精采的限制級錄影帶（當年沒有光碟片），為了掩人耳目，會故意換上衛教短片或手術教學片的標籤。

一位未婚且拘謹嚴肅的同事有天神祕兮兮地拿了一捲沒有任何標籤的帶子說：「借你，非常好看！」回到家迫不及待地放入錄放影機：「咦！怎麼是卡通？」原以為精采的內容藏在後面，一路快轉到最後，真的是整捲貨真價實的卡通片。

這部同事口中非常好看的片子就是《櫻桃小丸子》！過了幾年，第四臺興起，有線頻道開始播出這部卡通，坊間也出現了漫畫，小丸子招牌的「三條線」成了朋友互動間最流行的肢體動作。

《櫻桃小丸子》漫畫（卡通、真人版電影）會風靡流行，倒是很令人驚訝，小丸子就是個很普通的九歲小女生，故事環繞著她與家人、同學的生活瑣事，是關於親情、友誼最平常的互動。

小丸子如同所有孩子一樣，有真實的小小煩惱、小小高興，也和所有人小時候一樣，暑假作業總是拖到最後一天才寫，看到班上同學流行養什麼昆蟲動物、種什麼小玩意，也會回家吵著要買，但最後總是變成由媽媽照顧。

這些很普通的生活點點滴滴，能引起那麼多讀者或觀眾的共鳴，不難理解是在一切變化太過迅速的現代，對懷舊的七〇年代相對單純樸素情感世界的描繪，勾起了許多人心中對過往甜美的回憶吧！

因此，我每晚睡前總會給自己保留一小段溫柔時光，舉起想像中的酒杯，邀請過去的自己與未來的自己，一起為生命乾杯。為逝去的昨日與即將到來的明日乾杯！

松鼠偶爾會光臨住家門前，彷彿特地來陪我共度一段時光。

生命中最浪漫的事

很喜歡趙詠華唱的一首歌──〈最浪漫的事〉：

背靠著背坐在地毯上，聽聽音樂、聊聊願望，
你希望我愈來愈溫柔，我希望你放我在心上，
你說想送我個浪漫的夢想，謝謝我帶你找到天堂，
哪怕用一輩子才能完成，只要我講你就記住不忘。
我能想到最浪漫的事，就是和你一起慢慢變老，
一路上收藏點點滴滴的歡笑，
留到以後坐著搖椅慢慢聊；
我能想到最浪漫的事，就是和你一起慢慢變老，
直到我們老得哪兒也去不了，
你還依然把我當成手心裡的寶。

這不只是最浪漫的事，也是人生最大的安慰與幸福，歌曲中的你我指的是夫妻或伴侶，我卻認為應該把老朋友也算進去。

人的一生往往被事業與愛情二件事弄得疲累不堪，友誼卻是上天對人類最大的恩賜，讓我們撫平傷痕，鼓

起勇氣，重新面對生活。

友誼值得珍惜與珍貴的地方是來自於生命中共同的經驗，若只是一起吃喝的酒肉朋友，或是彼此交換金錢利益與算計的朋友，當然不會是值得懷念的心靈之交。

我是透過與大夥兒一起為實現夢想而努力，或者參與公益團體為社會服務的過程中，認識一些志同道合的好朋友，我們曾一起奮鬥，一起滴下汗水、流下眼淚，彼此有革命情感，這種共同的生命經歷才值得回味、才動人。這正是從學生時代參加社團，進入社會後大半時間從事公益活動的原因吧！

也盡一己之力，把生命旅途中相遇的每個有緣人，想辦法變成老朋友，從早期在家裡辦「民生健士會」，到之後成立的「荒野保護協會」，無非是希望架構一個平臺，讓大夥兒在此不為名、不為利，盡己所能地付出，並從中獲得超乎金錢物質的成長與體會。

我常把邀請老友參與的活動想像成古代的「趕集」。一聲吆喝，朋友們從四面八方聚集響應，大夥兒肩挑手提，騎著驢、趕著牛，每個人都不可或缺，也沒有哪個人是主角、是偶像。這群人聚集的文藴居或荒野保護協會，就像古代的客棧；客棧是自在的、熱鬧的，客棧的氣氛與內涵，是由在此歇腳的人共同創造的。

客棧裡有那卡西走唱的表演者，也有手持驚堂木、聲調抑揚頓挫的說書人，當然跳舞的或打坐、練瑜伽的，也各有空間。

客棧大廳裡，或許有一群整裝待發的兒童教育專家；餐廳的一角，那些熱烈討論、興奮莫名的，可不是社會改革家嗎？那一群摩頂放踵為蒼生請命的環保鬥士才剛剛就座，門口又晃進一些閒來沒事的青年男女，座位中有一群靜靜吃飯、安分過日子的尋常百姓，樓上包廂中有幾位了徹人間的悟道者，仍面帶微笑，寬容諒解地看著樓下熙熙攘攘的一大群人。

這是文蘊居，也是古代客棧，更是荒野，因為有人，有各式各樣的人，一切事情都有可能發生。

志同道合的好朋友一起奮鬥、一起坦誠相見，
共同的生命經歷才值得回味。

綠滿窗前草不除

這一輩子最感激的事，就是父母親培養了我閱讀的好習慣。

民國五十幾年讀小學時，臺灣經濟正從農業慢慢轉型為工業，大部分家庭雖然生活清苦，但是社會風氣純樸，相當具有人情味。即使生活拮据，父母還是會省出一點錢，讓我們到牯嶺街舊書攤買書。

全世界最會寫故事的史蒂芬．金（Stephen Edwin King）形容：「書是一種獨一無二可攜帶的魔術，像是隨身帶著一扇從現實中解脫的逃生門。」閱讀是種享受，是哈利波特的隱形斗蓬，讓我們暫時與挫折、煩躁的現實社會隔離，喘口氣，振作精神，再繼續。

閱讀使我們對身處的世界保持「若即若離」、「既出世又入世」的態度。因為書，我願意投入紅塵奉獻心力；也因為書，我可以逃回精神心靈的世界，與世無爭，自得其樂。

閱讀是種精神上的全然自由，這種自由來自於想像，讓人足以穿越時空，探索世界。當我白天上班或在外奔波，不管多忙、多累，只要想到晚上能擁有幾個小時完整時間，還有幾本好看的書在枕頭邊等著，一整天的情緒就會非常高昂。

我願意以一個愛書的普通讀者身分，向朋友推薦好書，也不斷地買書、送書。看到好書寂寞，是很令人感傷的，不論工作再忙，有人邀請幫忙推薦新書，我總是義不容辭地答應。臺灣的出版社辛辛苦苦出了好書，卻沒有多少人知道，也沒有多少人買。許多人上餐廳吃一頓飯花費數百元或近千元，依然面不改色，卻嫌一本二、三百元的書太貴，實在頗令人遺憾。

出版界前輩曾說：「沒想到我會遇到這樣的年代，一本書的壽命比不上雜誌或週刊。」這絕不是誇張。臺灣每天有超過一百種新書上市，而書店門市能有多大地方讓新書展示出來？百分之九十以上的新書無法在書店裡陳列超過一星期（比週刊的生命更短），很多新書從印刷廠送出，整包沒拆封又送到紙漿廠銷毀，做成再生紙。

這真是個令人迷惘的情況。為什麼大家不看書？看書是最棒的享受啊！

說起來令人汗顏，在臺灣，一本書只要在全省金石堂或誠品數十家店，一星期內賣出三百本以上，就可以進入所謂暢銷書排行榜了。換句話說，某本書平均一家店一天只要賣出一本書，就上得了排行榜！

我們一生中或者一天裡，絕大部分的生命時光是為別人而活的，唯獨閱讀這件事是為自己而做的。我很能體會林懷民先生的掙扎，他曾在某次訪問中說：每到晚上九點、十點是最快樂的時候，因為是閱讀的時間；可是到了半夜十二點就開始掙扎，到底要繼續閱讀來討好自己，還是上床睡覺儲備體力好貢獻社會？

趙寧寫得真好：「一卷在手，所費無幾，耗時不多，中外古今，宇宙萬物，功侯將相，才子佳人，皆我相知，讀到痛快之處，那真是上天下地，唯我獨尊。海可枯，石可爛，情可移，榮華富貴，瞬息成空，山珍海味轉眼穢汙糞土，唯有從書本中獲得的平安和充實，萬古長青。」

古人也如此感慨：「讀書之樂樂如何？綠滿窗前草不除。」

因此，每天有一段能夠自由自在、沒有目的性的閱讀時光，就是幸福的人生啊！

最美的事物是天上的星星、地上的小花和書中繽紛的世界。（馬祖）

一 曲水流觴

小時候看古人曲水流觴，踏花歸去；看狂放醉酒，肝膽相照，兩肋插刀；看《末央歌》中，眾多真摯情意流動著……當年總是遺憾，好可惜沒有趕上那個時代！繼而一想，呵，我們也有我們的時代。

回想起來，這大半輩子無非也是一場鬧情、一場起鬨，朋友們一吆喝、一湊手，再困難的事也敢放手一搏！

初識時，大夥兒是那麼年輕，將來要老，就一起老了。真是幸福啊！

原來朋友之間的萍水因緣，竟然可以是這樣的一生一世！

貪心的我，希望有緣認識的朋友都可以是這樣一生一世的。

一席話與一本書

從小耳熟能詳的一句成語：「聽君一席話，勝讀十年書。」其實這句話很不周全，似乎說得對又不太對。若以實質內容來講，一席話哪裡比得上一本書呢？何況口語常失之於誇張或疏漏，怎麼可能比得上寫出來的文章來得嚴謹？而一場演講的內容充其量也是數千字篇幅，世間多數學問很難用區區數千字數完整表達的。

話雖如此，我們還是不能低估一席話對一個人的影響，人這種動物，親身感受、真實經歷較能形成真正的改變，在現場氛圍所引發的激情或體悟，也許是閉門苦讀多年也難以達成的。現場的力量正是我們願意花大錢買票到演唱會或球賽現場，和眾人一起慷慨激昂的原因，否則在家裡看電視轉播，豈不是看得更清楚嗎？

人在現場，容易引起情緒的波動，而學習的動機往往來自於情緒，聽君一席話的某些時刻，的確比自己不知所以然地看書來得有效。

自從二〇〇七年卸下荒野保護協會志工幹部的職務，

許多內外部會務與活動，以及數不清的會議都交由新接任的夥伴負責，多出來的時間，我就以寫作及演講當作社會服務的實踐。

為什麼是寫作與演講？

希望把看到的、令我感動的許許多多人的努力，藉由文字與話語，讓這些善意在世間流傳，《少年小樹之歌》書裡的這段話正是我的信念：

> 當你遇見美好的事物時，所要做的第一件事就是要把它分享給你四周的人，這樣，美好的事物才能在這個世界上自由自在的散播開來。

英國作家吳爾芙（Virginia Woolf）曾說：「一切都不曾發生，直到它被描述。」雖然記錄也許很快被淹沒在資訊大海之中，但若沒有留下記錄，許多真實發生的事情就如煙塵消散在空中，很快連當事人也不復記憶。

也許有人會抬槓：「會忘掉的等於是不重要的，何必浪費資源去記住它呢？」在公益團體裡，記下夥伴的付出與努力，不是自誇自擂的炫耀，而是一種感謝。南方朔在《語言的天空下》曾寫了一段話：「許多事必須一直做下去，始能漸漸地被人明白。能被明白，就彷彿暗夜旅人有了一燈相照，那是值得，也是幸福。」

每當到臺灣各角落，看到許多夥伴的努力時，我就會想起這段話。許多志工默默付出，盡其在我，不在乎世俗的功名利祿，若能「被看到」、「被人明白」，除了是種幸福之外，也會是滋養大家繼續往前走的動力之一吧！

有次到彰化女中演講，老師們送我到火車站時表示，看了我部落格的文章，知道我很忙，實在不好意思麻煩我如此奔波，不過他們很盼望能帶給學生多一點來自社會的刺激，讓他們在制式的求學路途中，多一些想像，生命中多一些可能性。

他們的盼望就是讓我即使疲憊也能支撐下去的動力。老實說，每次赴邀約前，情緒總是不太好，直想罵自己為何如此折騰自己，可是一到了現場，看到同學們眼中閃現的光芒，又覺得累一點也值得。這些年的情緒就在兩極中擺盪。

不過，我應該沒什麼好抱怨的，辛苦與忙碌都是志願的，也是自找的；不像很多朋友在職場上，往往人在江湖，身不由己，加班、出差都不是自己能控制的。相較之下，我算是非常幸運，不管是工作看診或任何邀約，對時間的掌控都是操之在己。

美，到處都有，對我們的眼睛來說，不是缺少美，
而是少了發現。（京都）

既然如此，為何又弄出這麼多事呢？主要原因或許如同嚴長壽先生形容的：「**常會反省是否哪些事是自己做得到、幫得上忙，卻沒有去做的？**」我的個性也具有強烈的「與人為善」傾向，只要是好事，既然可以幫得上忙，怎麼忍心拒絕呢？

也有朋友看我到處奔波，匆匆來去，不免會勸說：「不要那麼辛苦！」這時，我想起當年蘊慧生下AB寶，在坐月子中心住了幾天，許多朋友來探視。一天之中，最多來了十二批友人，每「梯次」的朋友聊完天、吃完水果，告別離去時，總會交代一聲「要好好休息喔」！

肉體的疲累，身體自有防衛機轉，會強迫我們休息，對健康的傷害不大，反倒是無形的、長期的精神壓力，才是免疫系統與健康的殺手。如何調適自己的壓力，找出潛在的壓力並設法化解，或許是更重要的事。

這些年花了不少時間寫文章，也是期盼大家可以透過這些文字，看到日常生活之外的另一個世界。我最喜歡的一部小說《唐吉訶德傳》，其中有個容易被人忽略的角色——夢幻騎士身旁的隨從、矮胖又粗俗的農夫Sanko。當唐吉訶德一次又一次向風車挑戰，一次又一次去打不可能打敗的敵人，他是個無視於現實的夢想者，他的視線看出去的世界有許多盲點與死角；相對的，世俗又現實的Sanko卻在一次又一次與唐吉訶德的相處應對中，逐漸有機會透過唐吉訶德的「鏡片」，往另一個世界望去，雖然他看到的沒有唐吉訶德那麼真切，一旦他看到、體會到了，也會知道那個世界一樣真實存在著。

美國國家公園之父約翰．謬爾（John Muir）曾自我期許：「**我在有生之年只想誘導人們觀賞大自然的可愛，我雖特出卻微不足道，我願做一片玻璃，供陽光穿透而過。**」希望我的文字就是那一片讓陽光穿透而過的玻璃。

回想自己這些年來所謂「寫作」，到底是如何而來的？

有人形容，作品的產生有所謂卵生與胎生。胎生是經歷某些情境或遭遇，如鯁在喉，不吐不快，也就是原本無意為文卻欲罷不能；卵生就是給你一個題目，要就著題目孵出一篇文章，一般聯考作文當然是標準的卵生。胎生可說是由具體感受出發，然後寓抽象意旨於具體，卵生則是先有了抽象意旨要呈現，再出發去找例證的過程。

業餘作家的文章恐怕是胎生較多，若是寫出一定習慣，卵生的機會就會逐漸增加。除了卵生、胎生之外，還有一種卵胎生，就是「有意識」地選定一個主題，花時間就這個領域去體驗生活，然後再形成「不吐不快」的感覺而發之為文。

這些年我寫的大部分文章，尤其與自然生態或環境保護等相關的，大概都是卵胎生；至於描寫風花雪月的文章，則大多是胎生；別人的邀稿或寫推薦序，就是標準的卵生了。

無論如何，寫作是生活的副產品，假設生活是甘蔗，寫作則是蔗渣，是認真愉快地享受生活之後，自然而然產生的東西。

余秋雨曾說：「**寫作人一專職就高明不到哪裡去了！**」這句話同時勉勵了各行各業的人，

遇見美好事物時，分享給四周的人，美好才能自由自在地散播開來。

生活或閱讀之餘，若有心得不妨提筆為文與大家分享，不要害怕「創作」兩個似乎被神聖化的字。

一提起筆，原本似乎不存在的想法就會源源而出，如同美國詩人佛洛斯特 (Robert Frost) 所說：**「在我還沒有看到我寫的東西以前，我怎麼知道我在想什麼？」**

對於出書，我的心情其實是很矛盾的。荒野成立以來，為了推廣保育的理念，匯聚民眾的善意與行動，累積出改變的力量，不得不印製了很多出版品，我自己也出版了一些著作，消耗掉不少自然資源。常常提醒自己，一定要確保任何出版品能發揮最大的效益，同時也惕勵自己，要更用心保護大自然，假設一棵樹因我們而倒下，我們要有決心保護一整片森林以為回報。

比自己更大的生命

第一次世界大戰結束後，歐洲大陸各國陷入嚴重的經濟危機。有次，記者包圍權威經濟學家凱因斯(John Maynard Keynes)，問：「請問以長遠的眼光來看，我們究竟會如何？」

凱因斯不疾不徐地回答：「**以長遠眼光來看，我們都會死。**」

當然，這是大師的俏皮話，不過這段著名的典故提醒了我們經常忘掉的事實：我們會老，我們會死。年輕時，揮霍著時光歲月，也揮霍著身體健康，徹夜狂歡或者工作再忙、再累，隔天好好睡一覺，繼續生龍活虎；然而隨著時間流逝、年歲漸長，身體也自然會產生變化，猶如馬奎斯在《愛在瘟疫蔓延》書裡，藉著老醫生之口所說：「**我現在完全曉得自己內臟的位置與形狀了。**」波赫士也寫著：「**光是一次牙痛就足以讓人否定上帝的存在。**」

身體健康時，不容易察覺可以跑、可以跳是多大的幸福啊！要多體貼、善待老人家，每個人都會老，現在好好照顧長輩，就是照顧未來的自己。

去年父親節全家族聚餐時，八十八歲的父親慎重地發給我們兄弟姐妹每人一份資料，上面寫著「如何安排快樂的老年生活」，我們覺得相當有趣，也頗為佩服父親老得優雅，能坦然面對死亡，還不忘記提醒兒孫輩要為自己的老年生活預先做安排。

臺灣已快速邁向高齡社會。二〇一一年，臺灣六十五歲以上人口超過二百五十萬，占總人口數一一％（老年人口超過七％是所謂高齡化社會，超過一四％稱為高齡社會，達到二〇％是超高齡社會），若加上少子化影響，五年後，也就是二〇一八年，臺灣即進入老年人口超過一四％的高齡社會；甚至十三年後，也就是二〇二六年，即將進入老年人口逾二〇％的超高齡社會，高齡人口從一〇％躍升到二〇％，法國歷經了七十六年，美國是六十三年，臺灣居然只有短短十九年，因應期實在非常短，每個家庭或政府恐怕都來不及做好組織結構調整的準備吧！

現在家庭人口愈來愈少，對家中失能或罹病的長輩，逐漸失去長期照護的能力，因此如何建構足量且值得信賴或費用適宜的安養中心，培養居家照顧的專業人才，是政府必須認真面對的課題；此外，如何將醫療院所資源做最好的利用，也需要訂定法規，以及想辦法改變民眾的就醫觀念。

如何在活著時清楚明確地安排身後事，包括臨終前的醫療處置，是非常重要的事。我有些朋友致力推動預立遺囑的觀念，提倡不管年紀大小，每人每年都要找個時間檢視自己的人生，留下遺囑。誰也不知道「意外」或「明天」哪一個先到？你要離開時，要和哪些人說哪些話？身後事要如何處理？以及心愛的東西要如何處置？

填表單、寫遺囑的過程中，我們會思考這一生是如何度過的（也能促使日後更積極地朝真正想過的方向前進），也會更珍惜身邊的家人和朋友；在回顧中，我們會發現有很多事想做卻還沒有做，有那麼多人該感謝，有那麼多值得回味的生活。

近代高僧印光老和尚在床頭掛著大大的「死」字，他說：「**修道之人，心中念念不忘此字，則道業自成。**」

法國作家紀德 (André Paul Guillaume Gide) 也認為：「**不是經常地想到死，是不能令人充分體會到每一瞬間的價值的。難道你不明白，每一瞬間假使不襯托在死亡這片漆黑的背景上，它就不會有這種可愛的光影。**」

當我們能夠坦然正視病與死的必然，預做安排與準備，更能明白如何好好地活著，活出生命的意義與價值，產生更積極的想法與做法。對於害怕死亡或極度眷戀肉體與世間的人，聖嚴法師開示：「**要想著自己有永遠的過去，也有永遠的未來，這是接受死亡最好的心理準備。**」若能體會我們此世的生命是暫時的，或許就能放鬆對生命過度控制的偏執，然後才能好好地享受生活。

體貼、善待老人家，現在好好照顧長輩，就是照顧未來的自己。（北京）

我很喜歡一首日本歌曲——〈千風之歌〉：

請不要佇立在我的墳前哭泣，
因為我並不在那裡，我已化為千縷微風，翱翔在無限寬廣的天空裡，
晨曦升起之際，我們化為飛鳥，輕聲喚醒你，
夜幕低垂之時，我們化為星辰，溫柔守護你。

年紀大不是失去什麼，而是重新獲得了不同的事物。有本讀起來心有戚戚焉的好書《老得好優雅》，深得我心不是因為自己年紀逐漸大了，而是書中的提醒對中年人或年輕人都很受用。

書上說生命不只是呼吸，生命是變得比自己更大，成為自己能成為的一切。這個比自己更大的生命，並不是我們用企管技術能規劃的，反而像是佛洛斯特所說的：「我們必須願意鬆手放開計畫的人生，才能進入正等著歡迎我們的人生。」

當我們不再規劃時，才能有無限發揮的可能，給生命本身的神祕留點空間，不再計畫的生活，乍看是放牛吃草般無所事事的空白，但生命全新的可能性才得以在其間滋長。

不同於一般所以為的，作者認為年輕時總覺得時間過得非常慢，那時總是匆匆忙忙的，總是奔波在半路上，總是正要去另一個地方。年輕人沒有耐心與「現在」相處，總想越過「現在」這個狀態，到達升官、發財及充滿各種可能的「不久後」，希望變得成熟、獨當一面，希望

有錢、有權、有名，所有思緒都局限在「我要，我要，我還要」裡無法自拔。

年紀大了之後，追求、奔走的那些欲望老早消耗殆盡，反而能真實感受「現在」：此刻活著、此刻身體健康、此刻自由自在、此刻感覺快樂，就是一切。這種美好的心情不是那麼容易體會的，正如畢卡索所說：「要花很久的時間，才能變年輕。」

卸下所有的想要，負擔輕了，身心輕鬆之後，自然年輕。

日本知名作家曾野綾子雖已年過八十歲，依然創作不歇。她認為「不動聲色地消聲匿跡，是一種美學」，更是死者對社會最高的禮儀，因此她認為喪禮也可以免了，趁著肉體消失不見的機會，讓所有的存在一併消失，因此她自己一有時間就開始整理東西，該扔的扔，可以送的就送走，甚至連相片都燒掉，打算只留下大約五十張。財產當然也要趁早處理，什麼財產都不留給孩子，對他們反而是最好的，若真的還剩下一點財產及遺物，一定要在死前清清楚楚地分配好。

她的觀點對很多人來說是個當頭棒喝，值得好好地琢磨思索。

因為懂得，所以慈悲

似乎已經非常多年了，不管電子或平面媒體的新聞報導，幾乎充滿負面且極端的政治評論，少見溫暖的鼓勵或善意的建議。對於成人而言，或許瞭解媒體必須用衝突與聳動的觀點來刺激銷售與收視率，政治人物通常只是在演戲；但是對年輕人或孩子來說，長期在這種對立的言論薰陶下，或許就會變得自我中心，甚至總認為別人都是錯的，其他人都是笨蛋。

在這個多元的社會，如何能以不同角度觀看世界，能體貼別人的心情，承認每個人或許都只擁有部分答案，這是彼此溝通以及找到一起往前走的重要前提。不然，若只是要批判謾罵任何事情，何患無辭，同一件事，喜歡的可以稱讚思慮周密、行事謹慎；不喜歡的，可以說成城府陰險、老奸巨猾。這種偏狹且自我中心的負面態度，不只對社會的進步沒有助益，也會傷害自己的人際關係。

「因為懂得，所以慈悲。」這句話是胡蘭成另結新歡、要張愛玲簽下離婚同意書時，張愛玲給胡蘭成的信中所寫的。

是啊！因為我們懂了，才得以寬容地看待世事啊！

美國南北戰爭時，有許多戰役只要在前線的將軍更勇敢挺進、更快速攻擊，似乎就可以提早打贏。當時在華盛頓區的幕僚一再要求林肯總統措辭嚴厲地寫信給那些將軍，甚至要總統下令懲罰他們，林肯卻說：「當我們在後方這裡舒服地說東道西時，那些將軍正在嚴寒的壕溝中凍著雙手雙腳，身邊全是斷手斷腳的傷兵在哀嚎，易地而處，或許我們也會想休息一下。」

體貼甚至原諒別人，才能將自己從負面情緒裡釋放出來。達賴喇嘛曾說：「如果對那些讓我受苦的人產生惡劣的感覺，只會摧殘內心的平靜。如果能夠寬恕，我的內心就會平靜安詳。」若是懂得傷害別人的人或許正是心靈受到傷害的人，我們就應該能夠慈悲以待。

若事事盡量朝光明面去想，不但比較快樂，也會比較幸運。根據研究，幸運的人的「腦內」總是保持愉快的狀態。所謂「愉快的狀態」，不是真的碰到好事而快樂；而是無論如何就是要快樂，即便是假裝快樂也可以。

若是常常發牢騷、批評別人，因「抱怨」是自己不要的，而非想要的東西。一旦開始抱怨，等於將注意力焦點放在不如意、不愉快的事情上，會慢慢消耗和磨滅我們的熱情。我們說出口的話表明了自己的想法，這些想法又回過頭影響了我們的生活，形成了惡性循環，也是一種負面的吸引力法則。

因此要常常觀照自己所說的話以及腦中的想法，不出現負面的言詞，當我們習慣以積極樂觀的態度來面對生活，不但運氣會更好，也會更快樂、更幸福。

神啊！請賜給我智慧，讓我能夠瞭解寫在每片葉子和石頭中的真理。（馬來西亞）

文字因緣 -
骨肉深

清朝詩人龔定庵曾說：「文字因緣骨肉深！」

當我們從書本或網路看到某段文字或某篇文章，引起內心的悸動與共鳴，我們與作者情感的聯繫，或許比朝暮相見的手足還要深，都是難得的因緣啊！

老實說，世界往往使我們疲累，無力感也常糾纏著我們，只要有人能瞭解我們，往往是彌足珍貴的，以至於能激發出勇氣，繼續往前走！

每晚透過閱讀或寫作，分享彼此的感動與希望，像是對著虛空無聲的吶喊，宛如一隻蝙蝠。美國自然作家艾克曼(Diane Ackerman)形容：「蝙蝠藉著向世界吶喊，聆聽回聲。」這種吶喊，是一種呼喚，更確切的形容，是召喚！

我們試圖在廣漠喧嚷的世界中呼喚，尋求同伴，讓彼此覺得不孤單，並相互取暖，得到足夠的動力堅定地往前走去。

生命中的戒指與花環

我們如何為生命做註記呢？回顧過往，當年似乎巨大到難以承受的事，時過杳無痕跡；而小小的善意與話語，卻在腦海中不斷盤旋。人能擁有什麼呢？大概只有付出的，才能留存於世間吧？面對生活，要用整個生命的熱度去擁抱，記憶是取決於強度，而非長度！

有部電影裡，男主角說：「剛才在洗手間時，我的一生在眼前閃過，我看到我的一生，最好笑的是，我並未參與其中。」

我們如何為歲月做註記呢？

很多人在孩子出生之後，就以孩子的年歲做註記；有人是以生命中的大事來標定時間；也有人以心儀的典範人物年表當標竿，比如格拉瓦(Che Guevara)或莫扎特死亡的年紀。這些生命中的節點，讓我們面對數以千計、萬計待填的日子裡，有了頓號，有個起承轉合的分段點，讓我們可以駐足、可以反省、可以重新再出發。

任何宗教或民俗節日我都喜歡，喜歡過節的氣氛，
以及隨之而來的儀式。（臺南）

我雖沒有特定的宗教信仰，但是任何宗教或民族習俗的節日我都喜歡，喜歡那種過節的氣氛，以及隨著節日而進行的儀式。

從小參加的童軍活動中，非常強調儀典，即使不參與宗教祭典或特定社團所舉行的特殊儀式，每個人一生中也有許許多多的儀式，比如慶生、開學典禮、結婚儀式，乃至於喪禮等，近年全臺流行的跨年活動或元旦升旗典禮也是儀式的標準典範之一。

宗教儀式中最普遍的是敬神、拜祖先的祭典。當我們祭拜祖先時，不只是緬懷他們，而是重新確認自己在家族綿延不絕的生命長河的位置，賦予短暫生命另一種更恢宏、更長久的意義，以便在承先啟後的世界中找到安身立命之處。

儀式，對需求意義的人類而言，是重要的。

人類學的調查研究發現，要如何轉換生命階段，儀式是很有用的方法，人生有許多「關口」必須跨越；因此在民族文化的演進中，設計出不同的儀式，幫忙度過這些關口，緩衝或轉變可能會有的心理困境。

以積極的角度來說，透過儀式的要求，比如齋戒、承諾、冒險……可以讓新階段與舊階段之間有分界的區隔，讓自己確定往後的日子的確是不同的。

荒野保護協會裡，我們進行的各種儀式同時帶著豐富與溫暖的力量，透過體貼地分享與擁抱，彼此才能相認，所有的經驗與記憶才能累積，每個人才能找到自己的位置，荒野的文化也在其中默默傳承。

這些儀典使個人或團體結合內在感受與外在環境，重新看見自己的生活方式，以及人與環境的關係；我們藉此發現生活的意義，也促使對生活產生主動而非被動的態度。

除了神聖與莊嚴的儀典之外，社會習俗的節慶或個人家族的紀念日，不只是利用過往歷史事件來狂歡一番而已，也不只是再重塑過往經驗；慶典是將社會共同記憶或前輩的經驗帶到眼前，不是希冀回到從前，而是為了好好照顧現在圍繞在我們身邊的人。

儀式進行時，彷彿劃出一片不受干擾的時空，就像日本動漫中的「結界」，也像人類學研究發現原住民族的「神聖空間」。在特定的時空中，我們被要求停下腳步，仔細反省並回憶生命中的每個特殊時刻，相遇的每個人、每件事，以及說出口的每句話，然後學習去懂得珍惜生命中所擁有的事物，並真心對待眼前的人。

成年禮、婚禮或坐月子等儀式，使人們得以更順利地從一個階段過渡到另一個階段，緩和改變所帶來的焦慮。南美洲叢林裡有個部落，太太懷孕生產後，躺在床上坐月子的不是虛弱的太太，而是甫為人父的丈夫，或許男人也必須經過「坐月子」的儀式，才能真切體認到以後必須負起的責任吧！

認識儀式的力量並創造生命中的特殊時刻，對現代人來說更顯得重要。我們都是龐大社會體系裡的一顆小螺絲釘，每天走著相同的路、搭同一班車、做一樣的事，生命似乎在日復一日、月復一月、年復一年、一成不變的生活中流逝了，偶爾在夜闌人靜時，會感到一絲絲惶恐與不安。

儀式是改變現狀最好的方式，不必勞師動眾、大張旗鼓、耗費鉅資，也許是一頓特別的晚餐、與親友互贈小小的禮物、寫一封真正的信，甚至只是睡前與身邊的伴侶喝杯酒，儀式串起彼此的生命，也豐富了我們的生活。

創造屬於自己與家人、朋友的儀式，可以讓自己的生命之船置身廣闊的生活之海，不再徬徨無所依靠。

我最快樂的時候

快樂是可遇不可求的，但有些令我們感覺快樂的情境，卻是可以追求或複製的。每個人覺得快樂的狀態應該不太一樣，對我來說，只要想到有本好看的書等著我，隔天沒有急迫性的稿子必須交，也不需要奔波遠地去開會或演講，這天晚上的閱讀時間就是我的快樂時光。

這種快樂是很確定的，也較容易獲得，程度也比較一般。但可以持續較久、快樂程度也較大的時候，是小時候好不容易有機會採購書籍前後那一段時光。

小時候，如同當時的一般家庭，生活是很拮据的，印象深刻的是，我們家吃的蛋都是「破蛋」，當年雜貨店的蛋是放在米糠中販售（那時候還沒有使用盒子包裝起來保護蛋殼的方式），有些蛋在運送過程中破掉了，就被挑出放在一旁，用比較便宜的價格販售。

如此節儉的家用開銷中，爸爸每二、三個星期總會給我們兄弟姐妹一些零用錢，讓我們到位於牯嶺街的舊

置身美景懷抱，容我漫步於優美的小徑，生氣蓬勃，我且行去。（花蓮）

書攤買書。雖然舊書攤的書價已經很便宜了，但我們還是在三本五元或三本十元的攤子上挑選，回家時總是雙手提滿袋子，看到數十本沒有看過的書，就覺得好富足，這種快樂可以持續好多天，直到那批書全部看完為止。

很可惜的，長大後購書費用雖不再是問題，也常上書店買書，但不知道是不是胃口變大了，還是少了因匱乏而產生的期待，每次買書回家，興奮的感覺反而沒有小時候那麼強烈。

這個遺憾持續了好多年，本以為那種坐擁書籍、被知識包圍的喜悅已不復再有了，直到這幾年有機會擔任圖書獎項的評審，小時候的感覺又回來了。

國內有許多圖書獎項的評比，歷史悠久且最出名的就是新聞局主辦的國家圖書金鼎獎，以及臺北市立圖書館與《國語日報》合辦的「好書大家讀」，還有最近幾年國家文官學院推動的「公務員專書閱讀推廣活動」三種。一般臺灣民眾不太買書，卻擁有世界數一數二高比例的讀書會，成千上萬個讀書會都會參考各種得獎書目來購書。

當圖書獎項評審的快樂，就是在短短的一剎那被數百本必須閱讀的書包圍，不同於一般購書的情況，感覺又回到小時候那種精神上的富足。真是快樂！

下半輩子的事

在一場有關產業發展的研討會中，有位趨勢專家忍不住感慨地說：「不是我看不清楚未來，而是未來變化太快了！」

的確，全球化高度競爭與變化快速的世界，大概是現代人焦慮的主因，可是當我們汲汲皇皇地想在這不確定的時代中掌握致勝先機，往往會忘掉其實還有很多事情是非常確定的，尤其關於我們是不是過得幸福快樂，絕大部分是可以控制的，這和賺多少錢、位居什麼職位通常是沒有關係的。

真正的快樂，決定於與家人相處的氣氛，決定在與同事之間是否親切地互相幫助，決定在是否有一群相知相惜的好朋友，當然，還決定在自己是不是有個健康、沒有長期病痛的身體。

年輕時，為了晉升、為了賺錢，往往忽略了家人，也顧不得身體的耗損，精力全貢獻給公司與客戶，沒有想到我們下半輩子的幸福其實必須從現在開始準備。

通常為了安全感，我們會想盡辦法累積金錢，但奇怪的是，錢賺得愈多，反而愈沒安全感，只好再不斷去追逐更多的錢；當錢不再是生活的工具而變成生活的目的時，真正的幸福快樂就離我們愈來愈遙遠了。那麼要賺多少錢才夠？柏拉圖的話很值得我們參考：「**當我們的生活所需已經滿足時，還繼續工作，代表我們喪失了生命中更重要的追求。**」

所以一定要撥出時間陪陪家人，結交一些工作職場之外的好朋友，也培養一些可以一輩子投入的興趣，當然，最好還要找到一個值得參與的社團擔任志工，這可以讓我們的人生更有價值。這些攸關下半輩子幸福最重要的事，可不能等到退休之後才開始做；仍在職場拚鬥時，就要懷抱著「浪漫」的心情，將部分時間花在這些「不事生產」的事情上，太過功利的生活態度只會帶來既枯燥又乏味的人生。

年輕時，一群好朋友相聚時總喜歡說：「大家一起到山區買些地、蓋間房子，退休後一起養老吧！」現在卻覺得只為了一起養老就大費周章買地蓋房子，不僅沒必要，反而糟蹋了許多好山好水，而且一旦年紀大到要養老時，醫療與生活的便利性是很重要的，一群人到山裡養老的確是太天真了。

不過，有位好朋友慎重地提出建議，或許可以找個山明水秀的好地方，大夥兒百年之後樹葬在一起，不必有建築物，也不必有墓碑，讓我們的軀體回歸自然萬物的循環。這倒是個非常棒的想法，當我們找到最終安息之所在，子孫們有空可攜家帶眷、闔家出遊到那兒聚會，那麼大夥兒的友誼也不會僅止於我們這一代，我們的家人與後代子孫，也會因這個地方而有了長長久久的緣分，後人的追思也會連結到我們所生所長的這片土地與大自然，死亡不再會是陰暗而令人恐懼的事情，這是下半輩子最重要、也最棒的願景了。

撥出時間陪陪家人，培養一輩子投入的興趣，讓我們的人生更有價值。（臺北）

忽然想起地老天荒這回事

忘了是不是張愛玲小說中的對白：「忽然想起地老天荒這回事。如果有一天，這個世界崩潰了，還剩下這片荒野，那時，或者你會對我有一點真心……」

人的記憶像弄亂的檔案冊，一些大的事件，不知積壓到哪個角落，以致淹沒無蹤，而許多以為微不足道的片段影像，竟隨手翻得，輪廓鮮明得彷彿可以超越歲月。

遠的日子近了，近的日子遠了，對時間的感覺也愈來愈模糊。很多感覺和心情，像天上的浮雲一樣，隨風而逝，一去便不復返，這時，才深深體會到，我們失去的不只是歲月而已。

假如真有地老天荒，那時我們還會剩下什麼？還會珍惜什麼？

如果真有地老天荒，我們會珍惜什麼？
應是彼此與這個世界吧！（巴黎）

#2 請稍候再撥

日常漫步

不務正業的牙醫師

朋友們看我興趣太廣泛，花在看診的時間太少，總是消遣我是個不務正業的牙醫師，甚至笑我是收入最少的牙醫師。

說不務正業，我不太同意。什麼是正業？難道養家活口的工作就是人生的「正業」嗎？謀生的工作就是人生的天職與使命嗎？好吧！即便運氣很好，人生使命就等於謀生的工作，但工作賺到足夠生活所需的金錢之後，值得我們當作人生追尋目標的事是什麼呢？

當我們有東西可以吃，有衣服可以穿，有地方可以睡覺，這些存活的基本條件都不虞匱乏之後，應該花點時間滿足精神上或心靈上的需求。

另一個不同意的理由是，四、五十年來，我的生活重心都沒有改變，一直走在生命的核心裡，哪能算是不務正業呢？

我家進門玄關處有一大幅圖片，拍攝的是住家附近的山景，題著字：「**三更有夢書當枕，千里懷人月在**

峯。」這兩句話點出了「書、朋友、大自然」三個元素，也是我生命中最重要的三個重心。

這三個重心可用另一句話來呈現：「閉門讀好書，開門迎佳客，出門尋山水。」走在這三者的路途上，不需要太多錢，因此不必花太多心神只為了賺錢而賺錢。首先是讀書很便宜，不管是買或上圖書館借，完全不構成經濟負擔；其次我喜歡交朋友，但不會花錢結交酒肉朋友，而是參與公益團體認識志同道合的好朋友，參加公益團體也不用花什麼錢；另外遊山玩水也可以不花錢，臺灣到處都有溪流、山谷、步道、國家公園、自然中心，幾乎都不用門票。

不務正業、興趣太過廣泛，只是源自於我還跟年輕時一樣，是個滿懷好奇的學生。我承認自己是個「東張西望，夢想顛倒」的人，認為人不該自我設限，在豐富多彩、變化萬千的世界裡，若能以開放的心來面對，不僅是自己可以快樂些，甚至是在未來世界競爭的重要條件呢！二千多年前的孔子不也說：「毋意，毋必，毋固，毋我。」

隨著時代快速變遷，現代人很難一輩子只在自己的專業裡打轉，跨領域勢必成為將來的常態。自工業文明興起之後，不只職業的專科分工，連藝術人文也在流派定位之下（也可能是既得利益者保護自身權益罷了），每個既成的專業成為不可逾越的陣地，人人心懷警戒地固守自己的領域，既怕有人會越界而入，又怕有人越界而出。

那些專業「大老們」為了保護自己的權威性，設下種種專業證照或者行規防止越界。這在學術界或專門職業，情況愈是嚴重。儘管在本行表現得再好，只要敢跨界，在其他社會領域獲得大眾的矚目，原本專業領域的人一定會加以排擠，以種種莫須有的攻擊來貶抑你的專業成就。

學術界象牙塔裡的人愈來愈封閉，令人因搞不清楚他們的專業而愈加仰之彌高（有人說：專家就是把簡單的事用一大堆玄之又玄的專有名詞搞得很複雜）。據學術界前輩說：「若剛拿到博士學位，或者當上教授沒有多少年，千萬不要寫『科普』文章與書籍，萬一寫出名了，就從此斷了在學術官僚體系裡爬升的機會了。」這種情況或者自古以來就是如此吧？

白居易寫了〈長恨歌〉之後，大家提到他就說「寫〈長恨歌〉的白居易」，從此多采多姿的白居易，就成了有限的白居易，這也許正是白居易心頭永遠的痛吧！

或許貼標籤、歸類與簡化，原本就是人類思考與記憶的慣性吧？不過，我還是很羨慕歐洲文藝復興時代或者中國先秦百家爭鳴時代，那種對知識的好奇與追求，不劃地自限的嘗試與學習。

源自內心的探索，讓人可以成為完整的人，我們可以是數學家、音樂家，也能同時是哲學家、建築師；我們可以俯視觀察鳥獸蟲魚的活動，又會抬頭仰望日月星辰的變化；我們可以埋首曲譜的創作，又可以搭起鷹架蓋教堂。

英文字詞 Renaissance man（文藝復興人）指的就是能詩能歌、允文允武、理性與感性兼備的多才多藝讀書人，這個字詞也意含著對世界充滿全新冒險性的期待與想像。

四、五十年來，我的生活重心都沒有改變，一直走在生命的核心裡。（花東縱谷）

現代的文藝復興人在哪裡？現代人接受資訊的機會與數量都增多了，但是知識瑣碎化之後，求知變成了功利性工具與手段，對生命探索的熱情與恢弘氣度，似乎已不多見。

只有勇於跨界的人，才能帶來全新的思想與進步；敢於向外拓展其他領域的人，當他們回過頭來審視自己的本行，往往會產生不同的視野和見解。

走到春天為止

農曆過年雖然處於寒冷的冬天，但既然稱為「春節」，也表達了人們對春暖花開的期盼。自古以來，春節裡，始終延續著「走春」的習俗，趁著闔家團圓，一起到郊外踏青旅行。

到了今日，尤其大多數父母都必須工作的雙薪家庭，長長的春節假期，正是帶孩子出遊的大好時機，可以彌補平日忙於工作、沒空陪伴孩子的愧疚，因此，稍微有點名氣的風景名勝或遊樂區，往往擠得人山人海。

這一大群為了盡責任的父母與有點心不甘、情不願跟著出門的孩子，大半時間都在路上塞車，到達目的地也只能拍幾張相片，證明到此一遊，然後隨著大批遊客擠進生意興隆的餐廳，吃喝一頓後，再度加入車陣，打道回府。

就算想利用長假帶孩子到國家公園走走，讓孩子體驗自然的美好，可惜的是，多數人接觸到的區域大多在道路上，或從停車場、遊客中心的廁所門外匆匆一瞥，整趟旅行大部分時間就是盯著前車的屁股。即便走在森林步道上，也只能在熙熙攘攘的人群中快步向前，很少能夠停下腳步，傾聽天籟，用心感受在大自然裡流動的生命能量。

過年時，我不會帶孩子往人多的地方走，反而會好好利用幾乎已經淨空的臺北市，平常都市裡到處車滿為患，沒有心情也沒有安全的空間能好好觀察城市的風貌。

我傾向以主題式探索為主，一方面可以給孩子留下比較深刻的印象，甚至協助課業上有關鄉土教學方面的課程；另一方面，把規劃好的行程做成寒假作業報告時，內容相對豐富許多，往往引起老師的驚豔讚賞，讓孩子增加了不少自信心與學習動機。

所謂主題式探索，比如系統性地把流經都市的河流好好走過一遍，觀察有多少老街附近是古代的河岸港口；或是將都市附近的山陵步道全部走一次，或是把城市裡的博物館、美術館完整地參觀一遍等。

若孩子再大一點，可以依興趣做城市觀察，比如拍攝自己喜歡或具有某些特色的建築物，或者去探查住家附近有哪些老樹或寺廟等。這樣的安排不但有趣，又不花錢，甚至可以藉此鼓勵孩子自行安排探索計畫，藉此給他們主動學習的機會。

若是孩子在幼稚園或小學中低年級階段，還不適合這類知性探索時，只要到住家附近的公園、溪流、森林步道輕鬆自在地散散步就很棒了；重點是不要到人擠人的地方，腳步要放慢，開放我們的五官，重新聽到蟲鳴鳥叫，感受微風接觸皮膚的感覺，品聞樹葉與花朵的味道。

看似悠閒又空白的日子，其實極其豐富與充實。就像《少年小樹之歌》書中所寫：「我們讓自己的生活過得充實極了。我們常常到山中欣賞四季的美景，只要三個人之中有人發現了動人的事物，無論是秋天那片最豔紅的落葉，還是春日綻放最美麗的紫羅蘭，發現的人一定會仔細地指給其他兩個人看，確定他們都知道了。這樣，我們才能一起分享與品嘗所有的美好經驗。」

讓孩子從小就能親近土地，成為大自然中的一分子，正是我們所能給他們最好的禮物。

大自然裡充滿生命力，與孩子蓬勃茁壯的生命相合，看著他們高興地在草叢中飛奔，追逐蝴蝶，看著蚱蜢、蜥蜴，指著在樹梢跳躍的小鳥們，就覺得這些自然界中的東西是任何高科技玩具或影片都無法取代的。

美麗的大自然對一個人成長的重要性，不亞於土壤之於植物，一如各種動物需要足夠的空間、清新的空氣，才能健康自在地活著！

假如做得到，盡量給孩子們一幅美麗的風景吧！讓他們在這樣的環境中長大，從過年開始走向大自然，走到春暖花開的春天，走出孩子生命中的美麗與豐富。

若要世界更好，第一步便是使孩子的眼睛懂得觀察、
關懷環境周遭的一切。（臺北新店）

當幸運來敲門

真實人生中，我們往往會盼望有好運氣，能輕輕鬆鬆過日子；可是生命歷程裡，不乏人們以為是困苦倒楣的遭遇，其實正是上天給予的禮物與祝福；而認為「錢多事少離家近」，千載難逢的好機會，卻可能是人生悲慘境遇的源頭。

幸或不幸，真的很難說，有人可以把手中又酸又澀的檸檬，榨成滋味豐富又營養的檸檬汁，遠比單調的糖水或無法入口的檸檬來得美味。

這些年，除了心想事成的古老《祕密》是歷久不衰的暢銷書之外，也有許多類似的文章不斷在網路上傳閱，鼓勵大家要正向思考，認為精神的無形力量會吸引類似的事物來到身邊。

的確，懂得感恩，以樂觀的態度看待周遭的一切，身處壓力巨大且容易沮喪的世界裡，是很重要的心靈防護罩，但除此之外，還有哪些是我們可以做的？

有位心理學家很好奇周遭不斷有人說「某某人總是

很幸運」、「某某人一輩子倒楣」，想瞭解是否真有總是摸彩中獎、走路撿到錢的幸運兒，或是過馬路一定都遇到紅燈的倒楣鬼？於是他設計了一個實驗，公開徵選了數十位自認福星高照的人，同樣也找了數十位自認運氣背到極點的人。

這位心理學家讓所有人翻閱同一大疊近百張報紙，要他們計數出這疊報紙裡共有多少張照片。心理學家在其中一張報紙安插了半版大小的啟事，用很大的字體寫著：「如果你看到這則訊息，請告知研究人員，可以額外獲得五百元獎金。」

實驗結果，自認倒楣的人絕大部分沒有看到這個訊息，而自認非常幸運的人大多數都看到這個公告而多領了五百元。所有人的機會均等，為什麼幸運的人果真發現機會，而倒楣的人仍舊錯失機會呢？

我想，運氣好的人總是保有輕鬆自在的態度，雖然接收到的指令只是計數出現的照片數量，但是他們一邊翻找的同時，也會一邊到處瞧瞧；而那些倒楣的人或許總是過於嚴肅認真，要求他數相片，就只朝著單一目標去做，連半版斗大字體的訊息都視而不見。

幸運的人大多也是活在當下的人，能夠感受周遭的環境，享受生活的點點滴滴，發現遇見的每個人事物所帶來的意義。換句話說，活在當下的人通常能夠掌握生命中突然來到的機緣。

至於焦慮、不快樂、運氣差的人，或許精力都放在為了往事而後悔，或煩惱未發生的事情，反而忽略了身邊所潛藏的機會。

幸與不幸似乎與遭遇沒有太大關係，而是性格與態度左右了運氣。

幸運的人大多活在當下，感受周遭環境，享受生活點滴。（南投）

你最近在忙什麼？

碰到許久不見的老朋友時，彼此問候：「最近在忙什麼？」剛開始我會老實地回答：「最近忙著看書。」只見他們露出瞠目結舌的表情，後來只好照著大家能理解的標準答案來回答：「東奔西跑，到處開會，參加活動。」

想起《小王子》裡一開頭提到的故事，當大人把那幅吃了大象的大蟒蛇圖畫看成一頂帽子時，孩子只好講一些他們能理解的事，比如橋牌或股票，而不再提什麼森林、蝴蝶了！

到底什麼是該忙的、值得忙的，或許大家已忙得沒空去想，甚至也不能被理解。比如說，若別人邀約參加聚會，你說：「對不起，我已和客戶有約。」或者與美髮師、牙醫師有約……都可以立刻被理解。若說：「對不起，我與自己有約，必須去散個步。」或者「我預定要看本書。」大部分的人都會覺得莫名其妙，認為你是個不合群的怪人。

我們是否曾認真思考到底有哪些事值得付出如生命般珍貴的時間呢？

難忘幸福的滋味

很多人知道我太太是營養師之後，總會擅下結論：「你一定是有專用營養師調配飲食，身材才會這麼標準。」

其實我們全家，不！應該說是我和雙胞胎女兒AB寶三人，經常處在饑餓狀態。依照營養需求來看，一般人日常所吃進肚子裡的東西實在太多了，會造成身體的負擔，我們必須耗費更多能量來將多餘的東西排出去，否則堆積在體內反而成為疾病的根源。

我常調侃荒野的志工幹部中，有牙齒不好的牙醫師，有營養不良的營養師，也有精神常常很差的精神科醫師，當然也有膚質很有問題的皮膚科醫師。

我倒是挺感激這位營養不良的營養師，她自己的工作非常繁忙，但是我們家大部分還是自己開伙，甚至還幫孩子做便當。

三十多年前，正值臺灣經濟起飛的年代，許多爸爸因工作忙碌無法兼顧家庭，社會上曾發起「爸爸回家吃晚飯」運動，希望父母無論工作再辛苦，也要撥出時間回家吃晚飯，全家一起吃晚餐是家庭教育最重要的基礎。

可是到了現代，詢問周邊的朋友，平常會開伙、會一起用餐的家庭似乎愈來愈少見了；我太太在醫院任職營養師的同事們，雖然每天告訴別人飲食的選擇非常重要，但是這些營養師會在家開伙者也微乎其微，大多如同一般人一樣，是個外食族。

主要原因不只在父母親身上，而是大多數孩子下課後都直接到安親班、補習班，通常匆匆忙忙隨意買個便當或飲料，就算一餐了。當孩子不在家裡吃飯，家裡開伙的機會當然就更低了。

我們吃一頓用心煮出來的飯菜時，會湧現幸福的感覺。當大人與小孩在外頭忙了一天之後，能夠輕鬆自在的一起吃飯，是增進親子互動與感情最好的方法。當我們養成全家人一起用餐的習慣時，才有機會建立孩子正確的飲食習慣，孩子若從小養成健康的飲食習慣，是最高效益的「投資」，能因此降低許多疾病的發生機會。而孩子飲食習慣的養成，是父母不容忽視的責任。

有些人會說，若夫妻兩人都要上班，下班往往七、八點了，怎麼來得及煮晚飯；或者會說孩子在補習或上課，回到家已經晚上九點左右了，怎麼辦？

如果我們認為一件事很重要，有心去達成，就能夠找到解決的方法，這也是我的信念：「只要有心，技術問題一定可以解決的。」

我太太下班回家已經六點多，我下班回家通常八點多了，全家用餐的時間就延後一點。孩子傍晚放學後，先吃個健康的全麥麵包或水果，例如：香蕉或蘋果都是可以當作點心、足以止饑的好食物。洗完澡，做完功課，大約是八點多，這時我太太也煮好晚餐了，大家輕輕鬆鬆地交換彼此一天的工作或上課心得，吃完飯約九點左右，孩子們再看一會兒小說（假日時全家一起看部影片），然後就上床睡覺。

對於要上班的媽媽而言，晚餐不必煮得太豐盛或太複雜，也不需要吃太多，我們家除了傳統的中式菜餚，義大利式蔬菜湯、義大利麵、焗烤類等，都是製作簡單、孩子百吃不厭的菜色。

我們經常在假日熬煮一大鍋蔬菜湯，鮮香菇切丁和洋蔥一起先用純奶油爆香，如果想吃葷食，就加些肉品，再放入水、義大利麵醬、胡蘿蔔、洋芋、番茄、南瓜、西洋芹、高麗菜，熬煮半小時以上，香味撲鼻，有時鄰居會聞香上門問候呢！

我小時候，哥哥、姐姐下課後去補習或在學校自修，回到家都快十點了，因此我們家最正式的晚餐是十點半開動，使得我從小就有晚睡的習慣，雖然晚睡不太好，但這十多年的家庭晚餐，一直是我這輩子最溫暖的回憶。

孩子很快就長大了，父母與孩子可以親切地閒話家常的機會並沒有想像中多，只要想到這

要孩子擁有天生的好奇感，要有個能分享的大人陪伴著，
與他們一起發掘世界的神祕。（臺北）

一點，即便是趕回家吃晚餐的奔波，或自己煮晚餐的麻煩，相較之下都微不足道了。

能夠讓孩子吃媽媽親手煮的飯菜，會是他們一輩子難忘的幸福滋味，添加了家庭溫暖的食物，擁有讓全家人共享美好人生的能量！

核心與邊緣

曾到某企業讀書會導讀分享四年前出的書，我出現時，聽到有人驚呼：「哇！怎麼穿的衣服和書裡作者介紹的相片一模一樣！」

也曾到某團體演講，主辦人開玩笑地消遣我：「你有沒有換洗衣服啊？我上上星期專程去聽你另一場演講，你穿的衣服、褲子和今天完全一樣。」

這些朋友真是細心，觀察真是敏銳，我從來沒花太多心思關注自己穿什麼衣服。衣服有兩大功能，一是避寒，也就是要舒服自在；另一是遮蔽，也就是穿著要適當，不要引起別人側目，因穿著是否恰當在現代社會已是一種禮貌。

在此原則之下，我櫃子的衣服大多是卡其色的休閒西裝褲以及純棉的素色襯衫，夏天穿T恤（有一大堆參加活動贈送的紀念T恤），冬天則加上毛線衣或防寒夾克。

每天穿一樣的衣服，頂多隨氣候溫度加一件或少一件，省了許多時間與麻煩，而且這樣的衣著不管上山下海或參加婚喪喜慶各種宴會，也不算失禮，至少不會引起側目。

我的衣服和鞋子一樣，原則上是穿破一雙才會再去買一雙，偏偏現在的衣服挺耐穿的，不太容易破，就像我現在穿的幾件毛線衣，一件是結婚前，在社區當童軍團長時，所購買的繡有童軍徽章的綠色毛線衣；另外就是結婚後，太太幫我買的藍灰色羊毛衣。

我太太也和我一樣，只有春夏與秋冬不同季節穿的一、二套正式場合服裝，平常也是幾種輕便的服裝替換著。辦公室同事曾經在她連續三、四天穿一模一樣的衣服去上班後，忍不住問：「妳到底有沒有回家？不然怎麼都沒有換衣服？」

她不只不會花時間為穿著傷腦筋，也幾乎不化妝，頂多在赴宴會之前，抹上淡淡的唇膏，然後打一點點粉底，整個化妝時間不會超過三分鐘。我們家沒有女生常有的各種瓶瓶罐罐，除了洗髮精之外，就是一塊水晶肥皂從臉洗到腳。

大概是身教的影響吧！我們家雙胞胎女兒也不會浪費時間在裝扮上。A寶小時候有次冬天上學時，肩膀突起一塊，一整天上課走來走去，老師看了很奇怪，忍不住問A寶凸出來的東西是什麼。哦！毛線衣下面的東西原來是個衣夾，A寶早上穿制服時，沒注意到用來吊掛在陽臺晾曬的衣夾沒拿掉，就直接穿在身上了。

現在她們已來到了十七、八歲愛美的少女時代，所穿的衣服還是表姊、堂姊給的二手衣。

拋開物質的枷鎖，從此擁有無盡的時間、無垠的空間，
得以放懷徜徉於宇宙之中。（洛杉磯）

人生有兩個目標，先是得到想要的，再來是享受所得的，只有最聰明的人完成第二項。（巴黎）

很多朋友好奇他們怎麼願意穿別人的舊衣服呢？

他們從一出生至今，百分之八、九十的衣服都是來自親戚朋友的二手衣。孩子出生時，我寄給親戚朋友的卡片中特地寫了一段話：「古時候有個民間習俗，嬰兒出生時，父母會挨家挨戶向鄰居祈求一塊舊布，然後用收集來的數百塊舊布縫製成嬰兒的衣服，稱為百衲衣。據說能保佑嬰兒平安成長、長命百歲。」希望大家不要買禮物給孩子，我們只接受其他孩子用過的二手衣物。

這個習俗令我非常感動。碎布縫製的衣服應該沒什麼神奇的魔力，特別的是衣服聚集了眾人的祝福，穿在小孩身上，小孩自然體會到承受了多少人的善意，豈會不善自珍重？

Ａ寶、Ｂ寶在期盼下誕生後，我們雖無法親自為他們縫製百衲衣，但在諸多親友贈送二手衣的祝福中，教會了他們要懂珍惜與感恩。

這也是為什麼我們只接受舊的東西，因為我們在乎的是物品之外，朋友們的那份心意與祝福。

大家或許會疑惑，為什麼ＡＢ寶能夠抗拒時下青少年追求時尚的風潮？很多孩子把頭髮燙染得千奇百怪，我認為無非是想吸引別人的注意，以建立自己的自信心，但若是孩子在其他方面能建立自信，就不會渴望從穿著裝扮或其他名牌的追求來獲得讚揚與肯定。

大人也是一樣，若我們生命中有真正重要的追求，走在自己生命的核心，就不會在乎邊緣的事物跟不跟得上潮流。衣服、裝扮、名牌，甚至名利地位、物質享受……在我來看，都離生命核心非常遙遠。

在《乘著光影旅行》紀錄片裡，導演江秀瓊詢問臺灣的電影攝影大師李屏賓有關拍片的風格，只見他的表情錯愕了一下，似乎從沒想過這個問題，然後講出了一句令人拍案叫絕的經典名言：「**風格是那些沒有風格的人才要擔心的事情！**」

寒夜客來茶當酒

《珍愛地球》是國際創價學會池田會長與環保思潮的引領者亨德森(Hazel Henderson)博士的對談集。我很訝異在書中看到他們談到：「**以小規模在自己家裡舉行會議，這種小型的開會非常重要，是民間社團成功的關鍵。開會時，大家屏除偏見與戒心，相互可以看見對方的表情，有如同家庭聚會的氣氛……**」

之所以訝異，是因為這種「家庭聚會」正是荒野保護協會自成立以來，會務推動與發展最主要的動力。

除了大型會議或因法規所限必須以正式場所召開的會議之外，荒野百多個義工次團體的聚會，以及各個不同層級的幹部會議，至少有一大半以上是在夥伴家裡舉行。也就是荒野文化常常強調的，荒野是個大家庭，義工都是全家一起參與的。

全家參與的型態讓荒野的義工組織很穩定，而且每個夥伴都變成生活上的好朋友，而不是在公開場合才行禮如儀的「工作上的朋友」。

我們家像棵大榕樹，大夥兒在樹下喝茶、聊天，人來來去去，樹一直在，陪著大家成長。（文蘊居）

這種家庭聚會的方式，從一九九〇年元月起，就在我所主辦的「民生健士會」裡採用。我開放自己的住家，當成舉辦活動或者邀朋友聚會的場所，古人常說「在家靠父母，出門靠朋友」，這個「靠」在昔日真有投靠的意思，在吃住都不方便的時代，出門在朋友家打尖過夜是很平常的事，人情也在彼此依靠之下顯得濃厚。

如今，誰家的客房住過客人？家裡的客廳一年招待過多少次客人？

荒野從成立第三年起，就大膽推動「家庭接待」，利用舉辦週年慶的機會，邀請住在其他縣市的會員住到主辦城市的志工家裡，我們希望證明在已逐漸功利、險惡、可怕的時代，仍有真摯、信任與溫暖的可能。

一九九二年春天，與蘊慧及朋友一起到歐洲遊盪近一個月，一半以上的時間是在不同國家的朋友家裡打尖，另一些時間睡在火車上或小旅館裡。

在比利時有三天住在安特衛普的朋友家中（臺灣女生嫁給比利

請自在地招呼自己或幫忙招呼任何人，進到門裡的不是客人，都是自己人。（文藴居）

時人），這位朋友除了在家照顧兩個小孩子，有空時去大學修修課，空檔還到餐廳打工。她說要多賺些錢，明年在小庭院裡蓋間小木屋，讓遠來的朋友有地方可以住，「比較獨立的進出門戶會讓朋友住得比較自在」，我與蘊慧聽了很感動，決定我們也要如此效法。當年暑假，我們在民生社區買的房子特地挑選頂樓。屋頂有空中花園及小套房，打算有朋友來時，可以打尖過夜。

二十多年來，希望我們家「文蘊居」像棵大榕樹一樣，大家可以在樹下喝茶、下棋、聊天，人來來去去，榕樹一直在，觀照著大家的成長歷程。

在客廳與餐廳之間的玄關，張貼著「文蘊居守則」：

吾居之中，不尚虛禮，凡入此居，均為知己，隨分款留，忘形笑語，不言是非，不侈榮利，閒談古今，靜玩山水，清茶淡飯，以適幽趣，君子之交，如是而已。

我也寫過一段宣言：

來到此地，請自在地招呼自己或幫忙招呼任何其他人。因為進到門裡的不是客人，大家都是自己人。自己找吃的、喝的，或者幫忙其他人弄些吃的、喝的，隨便找地方坐，隨便找人聊天，或者看風景、發呆、看書都可以。

有人形容維也納的咖啡館——只要一群維也納人坐在一起，還有一個維也納人開始煮咖啡、送咖啡，哪怕是四面空空的白牆，也能成為一間感動世界的咖啡館。

對於健士會的老朋友，對於荒野的好夥伴，我們有這樣的信心，文蘊居可以如同維也納的咖啡館一樣。

那麼，文蘊居有多大？可以容納多少人？我再舉一個例子。

維也納最著名的咖啡館哈維卡，只有二十多坪，但整個空間人聲鼎沸，空氣充滿了喧鬧的聲響和咖啡因的刺激，所有念頭衝撞在狹小的空間裡，這裡有多少座位是個謎，哈維卡先生說七十多個，哈維卡夫人說至少九十個，店裡再滿，她三弄兩弄，又空出一個小角。

同樣的，人數多或少對文蘊居向來不是問題。

文蘊居搬遷過四次，現在位在山裡頭，空間是比較大一點，前三個地方是都市裡的傳統公寓，五坪左右的客廳，每次聚會三十至五十人一樣堆疊得很自在；在民權東路時，專題演講之後的秉燭夜談，在頂樓加蓋的小客廳裡進行，通常留下三分之一左右的人，大約二十來位擠在一坪半的小客廳，大家肩靠著肩、腳疊著腳，如此近身相貼，大夥兒都變成好朋友了！

因此，來到文蘊居，請當作自己家裡，人少也好，人多也好，都是個可以自在的地方。

瓶中信 —

資深出版人詹宏志說：「人類的歷史上，很少有像現代這種全民書寫的行為。各行各業的人辛苦上班之後，回到家裡，犧牲娛樂與睡眠，在網路上書寫，然後免費分享。若要勉強找一種行為來比喻的話，與歷史上寫瓶中信的儀式有點像。」

法國大文豪雨果（Victor Hugo）也曾說：「我們所寫出去的信件或文章，就像在荒島上向大海丟出一只求救瓶，隨著天候潮汐，隨著命運，瓶中信會漂向何處，何時落到何人手裡，我們一無所知。」

正因為一無所知，所以充滿希望。

不要活得太離譜啊！

從小到大聽了不計其數的生命經驗、格言警句，這些大道理就像今日資訊爆炸時代每天接收到數以千計的訊息一樣，雖然很容易理解，卻不容易深刻體會而變成日常生活的態度或價值觀，就是所謂「知識的認知」與「生命的頓悟」兩者之間的不同。

我在醫學院四年級上學期的期末考時，考病理學前夕曾有過一次頓悟的體驗。

那一年實在太忙碌，擔任班代表，又當學生活動中心副總幹事，同時籌組學校童軍團羅浮群，還在系學會幫忙，又參與學校山地醫療服務隊，以及系上第一次籌組的口腔醫療服務隊，忙得焦頭爛額，在考試前幾乎是整晚熬夜、不眠不休地苦讀衝刺。

期末考剛好遇上寒流來襲，好冷好冷，讀書到凌晨四點多，正是最冷的時刻。每次病理學考試大約要背五、六百種病，每種病要記英文或拉丁文病名、徵狀、好發率以及致病機轉等五、六個項目。眼見天亮就要考試，

生命中美妙的事物，往往是偶然遇到，
需要即興的行動去開展機緣。（馬祖）

全宿舍的人都上床睡覺了，我卻還沒有背完，當口中唸唸有詞、千鈞一髮的緊張時刻，我忽然頓悟了！

厚厚一巨冊病理學，書裡有成千上萬種疾病，每種疾病有百分之幾、千分之幾的人可能罹患，而我居然什麼病都沒有，可以健健康康、意識清楚地坐在書桌前讀書，可以蹦蹦跳跳，可以做點事，可以幫助別人，這是多麼難得的福分啊！

除了身心健康是難得的福分之外，每天可以平平安安地回到家，也得感激數不清的人幫忙，因為意外隨時隨地都有可能發生，並非是人犯了錯才會帶來不幸，有時什麼事都沒做也會遭殃，因此要對每個看似平淡的日子心懷感謝。

當時的「頓悟」和透過「認知」瞭解「珍惜、感謝擁有健康」，是完全不同的。念頭轉了個彎之後，我每天都過得很快樂，即便碰到倒楣或不順遂的事情，也不會抱怨。

前幾年有場演唱會「永遠的未央歌——民歌三十嘉年華」，當年的校園歌手全部齊聚一堂，透過歌聲讓我們回想起那一段單純美好、又充滿理想希望的歲月。專程從美國回來參加的包美聖，與大家相約「民歌四十」再相見，並要大家「好好活著」，希望大家「活得不要太離譜」，以免「相見不如懷念」。

是啊，好好活著！

戰亂時，活著本身就是一種成就。現在，肉體活著並不困難，但靈魂要活得好、活得對得起自己、活得無愧少年時曾有的夢想，似乎就不容易了。

親愛的朋友，讓我們相約「好好活著」、「不要活得太離譜」，好嗎？

適合生活的好地方

有一年春節，多位旅居國外或在世界各國間飛來飛去的朋友都回到臺北了，其中有位近年在北京從事都市規劃的朋友問大家：「這些年臺北除了變得比較好看之外，似乎臺北的市民也變得很友善、守規矩、有公德心，為什麼？」

於是乎大夥兒七嘴八舌地討論，有人說臺灣自古以來就有濃厚的民間信仰，而且參與宗教團體當志工的人愈來愈多，相信「人在做，天在看」，善有善報、惡有惡報；有人說自從有了捷運之後，陸續完成的公共建設做得還不錯，人們覺得有被政府好好對待，所以也願意好好對待別人；有人說臺北人常常出國旅行，見多識廣之餘，比較能夠同理對待出門在外的遊客，因此願意主動協助陌生人……

最後大家一致同意臺北是個相當適合居住的地方。全世界很少城市既是首都，又有國家公園，有大山、有大河，又如此接近海洋，再加上經過其他國家不同民族

臺北既是首都，有國家公園、大山、大河，又如此接近海洋，真是得天獨厚啊！（臺灣北海岸）

文化的洗禮，有豐富多元的人文遺跡，臺北真是得天獨厚啊！

朋友們喜歡逛臺北的巷弄，尋找具有特色的小店家，發現不少小市民在小小天地裡，認真經營自己的人生；甚至有些人在國外打拚到一定年紀之後，回到臺北定居，開一家小小的店。這些店面乍看也許不怎麼起眼，深入瞭解後，可能發現老闆學富五車卻保持低調，甘於平凡的生活。這些精采的人物，正是臺北最美麗的風景。

前陣子，有家科技大廠老

闆感嘆年輕人都沒有志氣，只想開間咖啡館。我倒覺得夢想著開咖啡館也沒什麼不好，畢竟不是所有人都必須做神聖偉大的事業。開一家小店，貼心地服務別人，讓人在生活中擁有一點美好、一點幸福的感覺，就是很有價值的貢獻了。

臺灣若要和別人比財大氣粗，比工廠占地數十公頃、容納幾十萬個生產線勞工，絕對是比不過的，也沒有那個必要；臺灣的優勢在於創造了華人地區最適合生活的地方。換句話說，我們應該成為生活型態的先驅者，以及軟性經濟的創新者。

臺灣在地理的獨特風貌之下，擁有多樣化自然生態，以及在歷史的因緣際會之下，含納不同文化與種族自然而然地在此共同生活，這是我們最大資產，也是最大的優勢。

我們真的不需要更多工業區、科學園區了，而是應該珍惜土地風貌與生態環境，保留與在地生命有關的產業結構與歷史記憶，讓臺灣成為華人社會最有文化深度、最適合人居住的地方。

來自遠方的明信片

二〇一二年初出版的《迷路原為看花開》，書中提到我至今仍保持著用筆書寫的習慣，有朋友寄賀卡給我，不管熟識與否，只要是親筆來函，我一定親筆回覆，想不到真的有許多讀者寄卡片來。

雖然這幾年生活愈來愈緊湊，逐漸減少了用筆寫信、再貼上郵票寄給朋友的機會，其實不見得是沒時間，而是漸漸找不到有這種「雅興」的朋友了吧？不過我還是堅持在每年農曆春節前，花幾個星期的看診空檔，一封一封仔細寫下朋友的姓名與地址，貼上郵票，在自製的卡片上寫下問候與祝福。

祝福的話語寫在實實在在的卡片或信紙上，與手機的簡訊、微博的通知或電子信件是不同的。信寫在紙上，紙拿在手上，可以反覆思量，是確實的存在；宛如朋友送的花，是具體的情意。

相對於簡訊、電腦裡的電子符號，用筆書寫是麻煩的，除了拿出筆之外，要費神找到適合的紙，還要傷腦筋到底信封擺在哪裡？到底還有沒有郵票？但是正因麻煩，每次寫信就成了一種儀式，通往內心深處的儀式，因此信中會寫出一些平常聊天不會說出口的話、一些內心真正的感受。

可惜的是，寫信的藝術似乎即將在時代變遷中消失了，年輕人恐怕已沒有人收過或看過一封真正的信件。

二〇一二年開始與老朋友漫走遊臺灣，其間會安排一些適合邀請下一代子女參加的行程，除了讓年輕人之間彼此更熟悉，也希望藉此讓他們認識這些父執輩，多提供給他們一些人生典範。

高中童軍團的學弟正就讀臺中曉明女中的女兒品薰，當我們在稻田間走著時，她透露爸爸除了專業的書之外，他的書房裡沒有太多生活或休閒等其他類書籍，可是卻收藏著我寫的每一本書，書中還夾著我學生時代寫給他的信。

旅行結束回家後，這位文藝美少女寄來一篇在校刊發表的文章，其中有段寫著：「爸爸不在書上寫字，卻夾存了許多信件。我所看見的，大多是爸爸高中時的學長李偉文的親筆，如今他們皆已年過半百，也各自撐起一個家。他們一年總會聚個幾次，對其他叔叔的印象多從中年後開始，好像他們生來就是成功與老練，但我卻可從這些古老信件中或潦草、或昂揚的筆跡，窺見偉文叔叔和爸爸那個瘋狂好勝卻又漸漸懂事的青春……」

正如朋友保存著我的信件，我也保存著每個朋友的親筆信件，從小學至今四十多年，有收藏於整理夾裡的信，也有裝在一個一個紙盒裡的卡片，這些留有汗淚墨漬或者斑斑殘跡的泛黃紙張，像是時光機，或者是《似曾相識》電影裡那枚古銅板，帶我們回到年少時光。就像品薰寫的：「相信每一頁都有他們年少的影子，翻開書頁，或許也打開了一扇門，也潛越爸爸生命中那段我不存在的歲月，讓年輕的爸爸，再一次陪伴我成長。」

祝福話語寫在實實在在的卡片或信紙上，是確實的存在、具體的情意。（臺北花園新城）

在這個時代用筆寫信給朋友，恐怕會令收到信件的人不知所措，或許可以從到國外旅遊時，寄張明信片給朋友開始吧！

前幾天，我收到一封陌生人自國外寄來的風景明信片，揣想著他大概是帶著《迷路原為看花開》上路，抄下書中所附的診所地址，於是就在旅途中寄來了。

年輕時，出國旅行真的會帶上通訊錄，然後在咖啡館或旅館裡，將路上買的風景明信片寫上旅遊的心情與感動，寄回與朋友分享，張張明信片都像是我們在遠方的呼喚：「真希望此時你也在這裡啊！」

旅遊明信片是全然的無所求與無所用，最為純粹，也最有趣味，就像朋友說的：「收到這種明信片時，就算是不再浪漫的中年人，嘴角也會上揚，會有種幸福的感覺。」

這種明信片有點像古代的信件，完全無法預期朋友會在哪時候收到信，搞不好等到我們已返國，開始回到工作崗位上沒日沒夜地忙著，信件還躺在某個國家正在罷工的郵局裡呢！但正因信件慢，反而能有更持久的想像。

也許下次出國時，記得將親友的地址帶著，也不要錯過在農曆新年時，寄張卡片給朋友。若是你寄卡片給我，我也一樣會親筆回覆，我的地址在《迷路原為看花開》第九十一頁。

正經看女子走過之必要

秋天到了，不知不覺又恢復了早晨躺坐在陽臺上讀詩的習慣。看著山嵐飄過眼前，遠處的觀音山與近處層層疊疊的山坡，還有蜿蜒流經臺北盆地的新店溪，泡杯咖啡，一邊欣賞在霧中忽隱忽現的山、河、溪谷，一邊朗誦著詩，不管看的是古詩或現代詩，都是秋天裡美好的時刻，不管周遭世界多麼令人沮喪或令人瘋狂，也不管自己生活得多忙碌，這個屬於詩的時間，都是生命裡的必要。

溫柔之必要，肯定之必要，

一點點酒和木樨花之必要，

正正經經看一名女子走過之必要……

瘂弦這首〈如歌的行板〉，是我癡狂行徑的好藉口。

偷閒的星期天傍晚

自從實施週休二日以來，我發現假日的活動多得不得了，不管是社團活動、機關團體的宣傳行銷園遊會，或者登山、淨灘、聚餐，乃至於研討會、共識營等，大多安排在星期六，幾乎沒有任何活動會安排在星期天下午以後，即便是二天一夜的旅遊或訓練，也通常在星期天中午結束；多數的大眾休閒或娛樂場所，星期天下午開始就逐漸進入真空狀態。

大部分人的情緒在週末假期開始與結束時，有著天壤之別。週五下午想到即將來臨的週末，可以脫離令人心煩的工作，擁有整整二天的假期，嘴角就會忍不住上揚；而週日下午結束活動回到家裡，帶著狂歡後的疲憊或慵懶，想到不久後就得上班，許多上週未完成的工作得繼續面對，心情不沉重也難。

尤其單身的朋友，星期天下午獨自窩在只有一個人的家裡，沒有活動可以排遣，沒有地方可以去，孤寂的氛圍不知不覺籠罩而來，情緒自然會無來由的低落。

看書、喝茶、聊天、聽音樂、散步、看著夕陽西下……
生命中許多美好事物，都是免費的。（臺北花園新城）

這個一週裡最不受干擾的時刻，反而是享受獨處的最好時光。這個時段，我通常在家裡東摸摸、西翻翻，回想這星期看了哪些書，與哪些人碰了面，靜思這些人事物的相遇是否帶來了什麼新的想法或感動；有時也會在家中挑個區塊來整理或清潔打掃，在親身勞動中慢慢讓紛亂的心情安靜下來。

把時間花在這些看似無謂的事情上，其實是必要的，不然日復一日太過現實功利或講求效率的生活，會讓我們的人生堆積成荒蕪乾涸的沙漠。再者，不事生產的時刻裡，能徹底屏除雜念，許多嶄新的想法才有機會從心底一一浮現，乍現靈光正是上天的恩賜。一如大文豪雨果說：「**沒有任何事物比適時出現的念頭更有力量！**」

我也會利用星期天下午打電話給久未聯絡的朋友或親人，在愈來愈忙碌、生活步調像失控火車般愈來愈快速的時代，稍一不留意，就很容易與親人或知心好友失去聯繫。星期天下午，正是人人有空、人人容易無聊憂鬱的時刻，正是打電話溫暖問候彼此的最佳時機。

我的雙胞胎女兒今年上了高中，看著她們週末假日開始有了學校、社團或朋友間的活動，想到以後可以一起出遊談心的機會將愈來愈少，於是打算從現在開始約定，不論事情或活動有多忙，星期日晚上一定要全家人好好聚在一起吃頓飯。以後上大學、交男朋友，甚至成家立業，都要想辦法維持這個「家庭夜」。

《海南雞飯》電影裡有句話：「一家團聚才能吃出最美味的好味道。」的確，幾乎沒有人會約在星期天晚上聚餐談事情，這個時間正好適合找間溫馨的餐廳，與家人好好吃一頓飯，安安靜靜地傾聽父母或子女所說的話。

總之，星期天下午正是適合與往事交會的時刻，我們需要一些往事，與老朋友或家人聚聚聊聊，讓被複雜世界切割得零零碎碎的心情，重新整合，以身心靈合一的狀態，迎接下一週的挑戰。

父母要浪漫一點

常覺得現代的父母好辛苦，現代人孩子愈生愈少，花的時間與心神卻愈來愈多。

這些父母很擔心孩子輸給別人、擔心孩子未來沒有競爭力，大多相信「培養」、「造就」出優秀的孩子是神聖的使命。

我很同情如此焦慮的家長，還有那些行程比大人還忙的孩子。我們經常看到「學習力」、「語文力」、「品格力」、「國際力」等名詞，看到各類教育專刊被洋洋灑灑的專家理論、研究報告、統計數字填滿了，父母們不禁擔心「我的孩子若是沒有這些能力就完蛋了」！當爸媽汲汲皇皇奔波於各才藝班或營隊之間，盯著成績數字或參賽獎狀時，反而忽略了孩子成長中最重要的東西：生活的熱情、主動積極的態度，以及對未來的憧憬，甚至懷抱著改善世界的使命。

陪伴孩子一定要放輕鬆。「關心孩子」是應該的，但為了孩子擱下自己的興趣，改變生活節奏，甚至放棄人生夢想時，雖然我們嘴巴上會說：「這是我心甘情願的。」但是內心一定會有遺憾，這種心情會轉變成對孩子有過多的期待；我們一旦為了孩子犧牲夢想，難免就會把自己的夢想投射轉嫁到孩子身上，自然形成有形或無形的壓力。若是孩子很有主見，往往會破壞親子的和諧關係；若是孩子溫和乖巧，勉力想達成父母的期待，卻可能過得並不快樂。

我覺得當父母最重要的事，就是找回自己對生命的熱情，許多未聯絡的老朋友再相約喝個下午茶，放個假去旅行，年輕時的興趣或夢想也可以想辦法重新再接觸。

當我們恢復成完整的人時，難免對

且讓我們的靈魂化為浪花，且讓我們的精神化為海風，
我們的心於是成了大千世界。（花蓮）

孩子的照顧會沒那麼周全，但是仔細想想，太多「照顧」，其實是「剝奪」了孩子學習與練習獨立的機會。幾乎所有教養專家都經常提醒：「孩子不是我們的財產，他們是獨立的生命。」沒錯，孩子是獨立完整的生命，身為父母的我們也是獨立完整的生命啊！

如果我們每天生活得熱情又積極，孩子看在眼裡，同樣會對未來充滿了期待。基本上我不相信整天埋怨、沮喪或焦慮的父母，他們身邊的孩子會快樂又自在。

臺灣俗語說：「一枝草一點露。」真的不必為了孩子而過度焦慮，父母把自己的人生過好最重要，美好的生命會牽引出另一個美好的生命，因為只有生命可以影響生命。

孩子親眼看到大人每天快快樂樂、積極又熱情地為了實現理想而努力，進而激發出「有為者亦若是」的情懷，才是孩子成長中最重要的養分啊！

或許你還是覺得這樣的想法未免太浪漫了！沒錯，是浪漫。

十五、六歲的孩子以羨慕崇拜的口吻說：「某某人好浪漫哦！」無庸置疑，這是一句讚美的話；但是飽經風霜世故又現實的成年人說：「那個人真是太浪漫了！」通常是批評一個人不切實際、天真到有點離譜的地步。

在競爭劇烈到無時無刻必須斤斤計較眼前的績效、既功利又短視的時代，父母陪伴孩子的心情一定要放輕鬆，做法一定要浪漫一點，因為孩子周遭的人大多只會用現在的表現來評價他們，若連父母也是如此，豈不是把孩子逼入毫無喘息餘地的死角？

其實不必父母親耳提面命，孩子本身已承受著強大的壓力。全球化競爭與各種世界局勢的壞消息，不斷透過無所不在的媒體恐嚇孩子；此外，學校老師為了「績效」不得不以課業成績來評價孩子，而來自於同儕輕視或羨慕的眼光，對孩子來說，也像一張掙脫不掉、纏繞不清的網。

因此，父母應該避免以一時的成績或成就來讚美或指責孩子，要「不切實際」一點，用更長遠、更寬廣的視野來等待孩子的發展。

前幾個月，讀高一的女兒在期末考前忽然嚎啕大哭，我們嚇了一大跳，追問之下才明白，原來她就讀的社會人文班，每星期有二個下午安排與一般高中不同的課程，高一下學期，她們老師邀請了幾個著名大學博士班研究生來分享就讀的科系內容。

我的女兒對這些傑出的學長姐提出同樣的問題：「你們畢業後，打算從事什麼行業？」結果那些研究生似乎都很迷惘，吶吶地說：「也許去當代課老師」、「可能會去補習班教英文」、「正在準備公務員考試」等。

讓女兒很困惑，也非常徬徨恐懼的是：「那些學校都很難考上，他們的表現已經很傑出了，可是為什麼連他們都不知道將來要做什麼？」

高中課程內容愈來愈困難，女兒已經體會到要進入那樣的好學校就讀，甚至讀到博士班，是非常不容易的事，即便如此，他們仍然不知道前途在哪裡，那麼連大學門檻都尚未踏入的她，該怎麼辦？

我安慰她，現在讀大學、讀研究所，不見得會從事與就讀科系相關的行業，那些博士班研究生不確定將來會找什麼工作也是很正常的。不過，這不是說讀大學或讀研究所是浪費時間，雖然因社會變遷太快，許多行業會消失，也會不斷形成新的行業與需求，學校所學的內容很可能會過時淘汰，但透過在學校有系統的學習，重要的是學會學習的能力，以及掌握研究一門學問的方法與可使用的工具，讓我們有信心也有能力在面對未接觸過的領域時，能夠理解，進而創造出新的知識。

孩子似懂非懂地聽著，最後我強調，其實不必太擔心現在讀的書以後有沒有用，或者將來要找什麼職業，反而要不斷地問自己，將來要成為什麼樣的人，自己心中真正的夢想與渴望才是最重要的。

當孩子不再是小孩

不管我們幾歲，在父母眼中永遠是個孩子；但是當自己身為父母、師長時，我們會不會因為恐懼而給予孩子過度保護？或者因為貪圖方便而阻礙了孩子自行摸索、從錯誤中成長的機會？

小時候常聽父執輩談起，他們十多歲就要外出工作、分擔家計，媽媽也常說他們小學還沒畢業，就要一邊揹著襁褓中的妹妹，一邊幫忙農事或撿柴燒飯。而現在的孩子到了十多歲，恐怕還不太會打理自己的書包，仍舊處在茶來伸手、飯來張口的嬰幼兒時期。

是不是時代的因素將孩子的「成熟期」拉長了？想當年三月二十九日黃花崗七十二烈士起義失敗時，每個人真的是年輕得一塌糊塗！那個時代，二十來歲即為社會中堅分子，得承載許多使命與責任。若時間再往前推，當李世民逼著老爸起義，由他率軍南征北討，打下史上輝煌的大唐江山時，才十七歲；亞歷山大大帝二十歲當上皇帝，完成橫跨歐亞的帝國時，不到二十九歲；

拿破崙拿下第一場勝仗，才二十六歲；在科學界，愛因斯坦二十多歲就發表了改變整個宇宙觀的六篇論文；甚至在社會思想界，馬克思與恩格斯完成共產黨宣言，改變了數十億人的人生，當時也不到三十歲。

反觀現代，二十多歲、三十來歲也許還在學校接受教育，為了期中考及期末考的分數煩憂著。如何讓孩子懂得負責任，而且能夠突破想像中的限制，發揮潛能，或許是家長要重新思索的課題。每個人都有獨特的天賦，我們也常以「你有這個潛能」來鼓勵孩子，好像潛能是一種放在口袋裡的東西，想用隨時可以拿出來用。

事實上，潛能不是存在人體內（像是學會辨識動植物，會說英語、法語等學得的能力），潛能是存在人與人或人與環境之間的一種關係（就像地心引力、萬有引力，是物體與物體之間的一種關係）。正確來說，並不是我們在使用潛能，而是有外在的人或物或情境，將我們的潛能「呼喚」出來。因此，只有不斷地行動、不斷地與周遭情境互動，才可以表現出所謂的「潛能」；潛能不能關在房裡獨自修練或增強，要在真實的努力中，才得以浮現。

美國最負盛名的媒體《紐約時報》新上任總編輯艾布蘭森 (Jill Abramson) 在密西根大學畢業典禮演講時，坦白地提醒年輕人：「眼前你們面臨了艱困的就業環境，實在不適合再講些『追隨你的熱情吧』或像賈伯斯二〇〇五年在史丹佛大學說的，『找到你的所愛』之類的話，畢竟，那個年代跟現在截然不同。」

的確，全世界都面臨高學歷的高失業率，甚至發現能找到的工作，並不需要這些學位，當面對這些現實處境時，追求熱情似乎愈來愈困難。

有許多朋友曾經很感慨地表示，以前專家不斷提醒我們不要給孩子魚，要給他們釣竿，但是現在給了釣竿與釣魚的能力好像還不夠，恐怕還得帶孩子到有魚的地方。

在高度競爭的時代，有魚的地方早就擠滿了人；更麻煩的是，因時代變遷與典範轉移得太快，魚池隨時會乾涸，也隨時會出現新的沼澤。換句話說，五年後、十年後，這個世界上還有什麼行業、什麼產業存在，沒有人知道。孩子長大後，找工作所需的技術、知識或工具，現在可能根本還沒出現，即便家長再能幹、再用心，顯然也沒辦法教導孩子現在不存在的東西，因此，我們必須重新思考，面對未來的世界，到底可以如何協助孩子？

我比較樂觀，正因未來是不確定且充滿變化的，所以不必太在意孩子現在讀什麼科系、現在的學業成績好或不好，反而希望孩子能擁有探索世界的熱情，以及在自律的習慣中，培養耐心與挫折容忍度。

這種熱情不會來自想獲得什麼好工作或賺大錢之類太過具體的目標，而是能回應自己的興趣與天賦，同時覺得這個社會、這個世界是自己能有所貢獻的發揮空間。

常有人把夢想與目標搞混了，我認為目標是具體可達成的，有預定完成的時間起訖點；而夢想是永遠達不到的追尋，有點像是天職與使命，直到我們離開世界之前，時時刻刻都可以

朝向它前進，天天會有新的進展。我們往往想到目標就會有沉重的壓力與挫折，一提到夢想，眼睛卻會閃閃發光，充滿了熱情。

大多數的人很會訂立目標，卻不知道自己的夢想是什麼。小時候，父母、師長幫我們訂目標；長大後，老闆也不斷丟出新的目標要我們達成，可是從小到大，很少人教我們如何找到這一生真正想做的事。

把孩子當成生物，讓生物生長；不要把孩子當成礦物，礦物只能定型。（南投）

我認識許多人非常努力地把別人設定的目標都完成了，卻活得很不快樂，整個人生非常單調乏味；更可憐的人是既沒有夢想又沒辦法達成目標，那種心理上的痛苦與絕望，真是難以言喻與承受。

每個人一定要找到自己喜歡做的事，找到深藏於心中的小小夢想。一直希望我的孩子從小懷抱的夢想會是較抽象且利他的，因為抽象，所以條條大路通羅馬；因為是利他的，即使一時遭遇到現實的困境與挫折，也比較容易找到不同出路，以及排解挫折的方法。

著名舞蹈家瑪莎．葛蘭姆（Martha Graham）曾說：「一個人應該成為其所處時代的傳奇。」傳奇不是大人物才有的成就，每個人都可以寫下自己的傳奇，包括我們的孩子，只要心中有夢想，依循著夢想前進，就能為世界增添一些光彩。每個人身上都有太陽，只要能讓它發光。

大家來說故事

說故事、聽故事，是人類的天性，甚至可說是人類文明的發端。

小孩子喜歡聽故事，大人也愛聽故事，也喜歡轉述故事。

每個人在生命的過程中，都不斷累積故事，都有自己的歷史故事，而且沒有一個人的故事會和別人的完全一樣。我們在故事與故事之間找關聯，當我們認真聽別人的故事時，就是將別人邀請到自己的故事裡，產生新的連結；反過來說，認真地把自己的故事說給別人聽，就是拿自己的精神餐點在宴客。

許多人認為朋友是最大的資產，不見得是朋友會提供我們具體的物質幫助，而是朋友可以豐富我們的心靈與視野。

#3 目前收不到訊號

鄉野行路

山川風月無常主

好多次聽到任職不同學校的老朋友講過相同的遭遇，學校同事得知他們假日常帶領荒野保護協會的活動與訓練，羡慕地表示：「那你們的體力一定鍛鍊得很好了！」

只見他們無奈地回答：「我們的訓練一小時常常走不到五十公尺，體力會很好嗎？」

荒野的活動不是越野競賽或搜集登頂紀錄，而是希望讓人快樂地與大自然做朋友，讓我們與自然的生命得以更親密接近，從而回過頭來省思自己的人生，實踐梭羅所說：「**我到森林裡去，因為我希望過一種用心的生活，只去面對生活的必要部分，看我是否能夠學會它所教導的，而不要在我死的時候，發現我沒有活過。**」

對現代人而言，接近大自然已不只是健身的目的，就像旅行也不再只是增廣見聞，而是自我追尋的心靈療癒過程，旅行與閱讀很類似，像搭乘時光機，藉此不斷與過去的自己相遇。

旅行的地點不重要，途中碰到的人、遭遇的事才是關鍵，就像余秋雨所寫：「平時想起一座城市，先會想起一些風景，到最後必然只想起這座城市裡的朋友，是朋友決定了我們與各個城市的親疏。」

這種接近大自然與旅行的心情會隨著年齡的改變而不同，年輕時為了「遍訪名山不辭遠」，如今只要任何一片小山坡、一條不知名的小溪流，就能夠讓我徜徉大半天。我漸漸瞭解生命的意義不是累積數量，而是增加感受的深度。

年輕時最敬佩的文人是李白，佩服他擊劍任俠的豪情、瀟灑飄逸的文采；到如今，我的生命典範是蘇東坡，認為他是最厲害的「生活家」，真正做到了「無入而不自得」的境界。他遊赤壁時有感而發的「山川風月無常主，得閒便是主人」，給了困在名韁利索的現代人一記當頭棒喝。當我們忘了看山、看海、看星空，也就連帶的失去了「忘我」的機會！

旅行不再是一個地方到另一個地方的活動，更是一種心靈治療，
一種生命追尋之旅。（內蒙古）

慢走與漫走

二〇一二年春天，我們一群老朋友開始先搭乘火車或高鐵到達定點，再以徒步的方式旅行，分段繞行臺灣，當然不是無趣地沿著公路行走，而是以風景優美的步道為主。

近年在政府積極的交通建設之下，已把臺灣建構成一日生活圈，我們可以快速到達所有地方，其實反而變成任何地方都到不了。當我們開始依賴高速公路、高鐵或捷運時，慢慢就會忘記城市的樣子，也不再看見一條河、一座山與城鄉之間的關係，永遠只孤立地存活在一個點裡，無法連結到整個區域與環境。

多數人都自以為已將臺灣走透透，但大多只是開著車呼嘯而過，或在路旁觀景涼亭停車休息，拍張紀念相片，不斷途經而過的熟悉感，反而喪失了真正深入瞭解各地的機會。

如何不再只是「路過」，而是專心探索這個同時擁有遼闊海岸、連綿山脈、溪流平原，以及豐富自然生態與歷史人文內涵的地方，正是我們這群朋友年過半百之後，給自己的新課題吧！

一切講求快速的時代，我希望能保有緩慢的餘地；即使處在習於追求明確具體目標的世界，也要刻意讓自己能漫無目的地隨意亂走。身處三明治階段的中年時期，因為工作、因為家庭，我們或許沒辦法像無牽掛的年輕人一樣，背起簡單行囊就出發去流浪，但總可以每個月自我放縱幾天，進行一小段流浪時光吧？

走路，特別是慢走，或者是漫走，這種無確切目的地與趕行程的閒逛，在當今過度功利化、過度快速的時代，具有特別的意義。不去想新的事物、不去想成就、不去想人間瞬息起伏的得失；那麼在漫走流浪的過程中，就可以感受到全新的生命正慢慢滋長，這是種很難描述、也很神祕的有機過程。所謂有機，就像一棵樹，我們永遠不知道哪一片葉子會先抽芽、枝幹會往哪個方向延展，我希望自己的生命也是有機的，隨時充滿新發現的驚喜。

當我們開始漫遊、開始慢走，因為慢，才能看到天空、雲朵和蝴蝶；當我們可以聽見風聲、聞到花的味道、感受到周遭的一切，才開始有了生活，然後得以在大自然的節奏中，重新找回自我的存在。

旅行作家羅柏．卡普蘭（Robert D. Kaplan）曾寫道：「**在大眾觀光的年代裡，冒險逐漸變成內在的事情。**」

旅行對現代人來說，已不再只是增廣見聞或到此一遊的景點蒐集，更像是閱讀一本書，用外在的風景來呼應自己的心靈。就如張曉風老師所說：「山川靜好，歲月無驚，我們仍有長路待行。」

講求快速的時代，希望保有緩慢的餘地，
刻意漫無目的地隨意亂走。(臺東)

徒步旅行可以隨時停留，將景點串連成線與面；
可以體會自然環境與村落社區的關係。（花蓮）

上路，走出希望

二〇一二年農曆春節，多位朋友來到家裡團拜，大家閒話家常之餘，也不免問問彼此的新年新計畫。我提到打算開始徒步走臺灣，原則上以臺灣風景優美的步道為主，預計每個月撥出約五天的時間，長則連續三、四天，短則一、二天，分段繞行臺灣。

這個想法獲得老朋友們的響應，很快召開了籌備會，確定幾個原則。

首先，自在最重要，不趕行程。其次，抵達偏遠鄉鎮時，我們這群人如果可以為當地社區或學校或團體做些什麼事，我們很樂意盡力而為。第三，每個行程歡迎當地的朋友一起參與。

同時，我們將這個計畫定名為 Wanderformosa，一方面取 wander 為流浪漫走之意，另一方面是以行動讚嘆美麗的寶島臺灣。

甫把這個計畫在部落格公布，就遇到女兒的好朋友帶著同學一起來做人物專訪。現在很多中學老師給學生的作業都包括：採訪某些職業的特殊人物，這些年陸續有許多不同學校的學生要求來採訪我。

碰到面才坐定，她們的電腦尚未開機，就急著問：「偉文叔叔，我看你的部落格上最近的文章提到：今年的新年新計畫要徒步漫遊臺灣，為什麼要用走路的？」

自從與周遭朋友談到這個新計畫，大多數人都是立即響應，興高采烈地詢問有哪些行程，然後開始盤算自己是否可以排得出假期、有沒有體力……反倒是沒有任何人追問：「為什麼要用走的？」

為什麼與我年齡相近的朋友都不覺得走路有什麼奇怪，而中學生卻會好奇為什麼要用走路遊臺灣？開車環島不是機動性更高嗎？騎單車不是比較酷嗎？怎麼會想到用走的呢？

原因可以列出很多。

首先是健康因素吧！年紀大了，愈來愈體會到健康的重要性，沒有習慣上健身房，也沒有恆心每天運動，那麼分段徒步環島，至少能創造每隔一陣子長途走路的機會。

再者，這些年來，我經常擔任有關臺灣鄉鎮與旅遊方面的評審，從農委會十大經典農漁村、營建署生態旅遊示範地評選、環保署清淨家園比賽、青輔會社區行動方案輔導，以及觀光局臺灣十大觀光小城選拔等，雖然好像全臺跑透透，可是每個景點都是匆匆來去，沒有長時間深入到當地人的生活，內心總有點悵然若失。

大家一步一步走，用心去看見真正美麗的臺灣，
然後設法留住這片美好。（臺東）

另外，用走路的方式可以隨時掌握行走速度，將每個景點串連成線與面，從而更能體會自然環境與社區之間的關係，以及先民如何擴展與遷徙；最後當然也希望能有更多時間與在地的朋友聚聚聊聊。

我認識不少去過紐約、巴黎、京都數十趟的朋友，他們卻沒到過南投埔里或花蓮七星潭；我也知道有許多孩子每年寒暑假輪流到美國、英國、澳洲去遊學，他們卻不認識城市邊的那座山，也沒涉足過住家附近那條溪流。

還有許多朋友對媒體或政治人物總在抽象的臺灣問題上爭論，覺得很厭煩；因此，大家相約拋開政治，開始以走路方式重新認識臺灣，一步一步走出生態臺灣，一步一步走出文化臺灣。

「千里步道運動」是一例，經由這些步道或是鄉間小路，或是近郊自然步道，從城市到村莊，從一個縣到另一個縣，將臺灣各地的鄉鎮逐漸連結起來。

千里步道不是活動，而是一種運動、一種築夢的過程、一種召喚、一種重新認識自己所在土地的情懷。所謂運動，是由下而上的，是民眾身體力行與覺醒，大家一步一步地走，流著汗，用心去感覺臺灣的面貌，看見真正美麗的臺灣，然後設法保留住這片美好。

從小至今，我一直很喜歡走路，走路的感覺很踏實，而且它是有意識的行為之中，和呼吸、心跳等無意識的身體韻動最為接近的，因此走路雖是屬於生理上的動作，卻可以從中激發出心靈的思維與領悟。

自古以來，僧侶有種修行的功課，就稱為「經行」，不斷地走路，有意識地藉著走路靜下心，進而觀照自身。澳洲原住民自古以來足跡穿梭橫貫於廣漠的大地，編織成夢的路徑，他們經由記誦吟唱夢的歌聲中，找到自己與腳下土地的位置。

行走可以是散步、漫遊、晃盪的休閒，也可以是實用性從一個地方到另一個地方求生存的拓荒；行走更可以是從養生健身到心靈禪修的一種方式。宗教虔敬者以沿街托缽、甚至用幾跪幾叩的苦行，甚至可說是化身為暮鼓晨鐘來敲醒世人。

這或許就是林懷民老師近年提倡流浪的意義吧！

蔣勳老師曾寫過：「不知道為什麼，許多朋友到了中年，會忽然懷想起青年時候讀過的《流浪者之歌》，也許是再一次出走吧？從叫囂的聲音中出走，從憤怒的人群中出走，從極端的愛恨中出走，從扭曲變形的臉孔中出走，走向一片寬和平坦的心境中去。」

哲學家桑塔耶納(George Santayana)有天正在哈佛大學教課，見到溫潤的夕陽斜照入課堂內，於是扔掉了手上的粉筆，說了句：「我與陽光有約。」隨即轉身步出教室，放棄了深得敬重的大學教授職位，從此悠遊於世。說走就走，是人生中最華麗的奢侈，也是最耀眼的自由。

現代人的生活太忙碌了，工作壓力太大了，因此內心不時會浮現出走的欲望，會響起流浪的呼喚。

行走正是流浪的起點。

《浪遊之歌》書裡說：「走路是一種將心理、生理與世界鎔鑄於一爐的狀態，彷彿三者終於有了對話的機會，亦彷彿三個音符突然結合成一個和絃。走路使我們能存在於我們的身體與世界中，而不致被身體與世界弄得疲於奔命。」

的確，在追求速度的現代，許多人開始警覺到「慢下來」使我們的心靈、精神或生理都更為健康，也發現步調慢一點，才能讓感受多一點、體會多一點、享受也多一點。

走路也是我們認識這個世界最好的方式，一則是慢，另一則是隨興，隨時可以停駐，也隨時可以往旁、往前或往後探索。

或許，行走不只是從一個地方到一個地方的活動，更是一個人尋找自己內在心靈的過程吧？在路途中，我們可以安靜地面對自己和這個世界。

出走真正的意義是為了找到心靈歸宿，真正的發現之旅，不是尋找新世界，而是用新的視野看世界。

向來枉費推移力，
此日中流自在行

我常與投入社會運動的夥伴互勉：「我們別無選擇，只有樂觀！」

十九世紀英國哲學家摩瑞斯曾說：「人們奮戰而失敗，儘管他們失敗了，但他們為它而戰的事終將成真，雖然到時已非當初他們所期待的模樣，但另一方面，這也是會讓人挫折之處，因為努力的收穫不會在今天。甚至在大部分的情況下，我們的努力只是在為歷史和未來而撒種耕作。」

朱熹在〈觀書有感之二〉寫著：「昨夜江邊春水生，艨艟巨艦一毛輕。向來枉費推移力，此日中流自在行。」

歷史的迂迴或發展大概是如此吧！後來視為稀鬆平常、不必任何努力就自在而行的事（或觀念），過去都經過漫長的等待與付出，形成足夠的春水，到了某一天，該來的就會來！

有了這層體會，也許是面對挫折仍能保持樂觀的原因吧！也是可以不斷努力播種，卻不寄望馬上坐收成果的信心來源吧！

荒野遇見生命的感動

將近二十年前，「荒野保護協會」尚在構思籌備階段時，我們這些當年三十來歲、在臺灣土生土長的上班族，與一群二十多歲在國外出生成長的ＡＢＣ，一起在初春的思源埡口上露營。

晚上大夥兒在營火邊聊天，有人提及小時候住在忠孝東路四段，附近都是稻田、池塘，國父紀念館附近的停車場當年是潺潺小溪。當我們為日漸遠去的自然環境而感慨時，其中一個ＡＢＣ很不以為然地說：「停車場有什麼不好？很方便實用嘛！再說鋼筋水泥也是來自大自然，也算是自然的一部分啊！」

戰火挑起，經過一陣紛亂的討論後，也沒什麼具體結論；不過我認為自然與非自然最大的差別在於：大自然富含生命力，身處其中會被感動。自然與「來自自然的人造物」，二者分別像是野域中遍地怒放的野百合與花圃中修剪整齊的花卉，一種會讓人感動落淚，另一種只能獲得「很漂亮」的評語罷了。又比如在動物園裡觀察臺灣黑熊的樣貌，儘管很方便，但相較於在思源啞口的原始林中聽到熊的吼聲，甚至與熊相遇的經驗，那種心中的震撼與悸動，就是無可取代的生命力，就是重獲與萬物合為一體的喜悅感。

當晚那群ABC雖然對我們所說的不以為然，但是隨後幾天跟著我們一起在森林中探索時，他們目光逐漸柔和，身軀也逐漸柔軟，最後甚至和我們一起跪在大地上看一株小小的野花，也願意抱著大樹靜心聆聽森林的傾訴。

荒野是生命的源頭，是人類古老的鄉愁，人類內心深處有股來自遠祖的呼喚，那種能量會驅使我們去尋找基因所熟悉的感覺，也就是回到大自然。這種自然的鄉愁必須被適當引導與啟發，對久居都市的人們而言，更是必須重新學習的。

隨著科技的進步，創造出許多新產品，人類的力量無遠弗屆，地球上任何可以開發、利用的物質都被納入全球經濟體系的一環。我們正活在物質過於豐盛的時代，甚至為了力挽經濟衰退的局勢，各國政府無不以鼓勵消費來確保經濟發展。

當每個人都陷入拚命工作、拚命消費的循環時，會逐漸喪失對生活的感受能力，形成了物質愈豐盛、精神和心靈卻愈空虛的情況。換句話說，生活愈富足反而讓人愈不滿足。

當一個人不斷購物、不斷想擁有更多東西時，所花費的不單是金錢，還有時間；然而時間就是生命，我們用生命換來的那些物品，真的是我們想要的嗎？

擁有的東西太多，對多數事物容易缺乏熱情。當我們對周遭一切沒有感情時，就不會有連繫的意願；當一個人與周遭沒有關聯時，自我的存在就無所依託，變成可有可無了。

當我們擁有的東西少，就會珍惜並好好使用，「少」反而形成了「多」的感受，心靈因此更覺得豐富。

放慢速度，提高感受，正如宗教或靈修課程不斷提醒的「活在當下」。當我們能以悠閒的心情去感受周遭事物時，就可以從日常生活中再發現許多賞心悅目的樂事。好比坐在陽臺前看著夕陽緩緩落下；與三兩好友徜徉在大自然；陪孩子沿著河岸騎單車……這些令人快樂的事，不需花費金錢，卻是幸福感的來源。

近年來，許多父母發現讓孩子在大自然成長的重要性，不亞於去學鋼琴、補英文；因此家長常利用星期假日，如同進行儀式或朝聖般，帶著孩子去接近大自然；但在「教育」的前提下，往往因求好心切，難以拿捏分寸，使得親近自然的樂趣大打折扣。

某次活動中，我看到解說員賣力地在前面解說，一位媽媽很認真地聽著，一邊記筆記，一邊督促孩子要專心聽講。後來那位媽媽指著一棵植物問孩子名稱，孩子訥訥地答不出來，只見媽媽氣急敗壞地往孩子頭上一敲，罵說：「解說員不是剛剛說過，怎麼就忘記了，帶你出來還不好好學！」

經過如此的「教育」，那個孩子一定不可能懂得欣賞臺灣豐富的自然生態，恐怕還恨透了

大自然富含生命力，身處其中的震撼與悸動，
是無可取代的生命力。（花蓮）

生物多樣性吧！

雖然在九年一貫的課程裡，增加了認識鄉土或生命教育的課，但我始終懷疑會有多少效果，是否課程終究只是課堂上的知識或考試題材，培養孩子對土地的感情或對生命的尊重，卻只是空談罷了！學校的戶外教學，或父母親盡責地帶孩子逛風景區、塞著車趕赴一個又一個國家公園，到底能在孩子的生命中留下多少影響？

我認為較有效的方法是荒野保護協會在各種義工訓練課程中，致力推動的「尋找自己的祕密花園」。

我們請每位志工在住家附近找一個屬於自己的祕密花園，定期去觀察與記錄。即使是乍看之下平淡無奇的自然環境，只要經過長期觀察，仍會發現豐富有趣的變化。屬於自己的「祕密花園」，去的次數多了、觀察久了，就會產生感情，進而與土地產生親密的情感連結，在個人生命的進程上，扮演著非常重要的角色。

美國西南部有個最大的印第安保留區，納瓦荷人稱這片土地為「四角之地」，由神話中的四座聖山圍繞而成。納瓦荷的巫醫曾說：「記住你眼前所見，把目光停在一處，記住它的樣子。在下雪時觀察它，在青草初長時觀察它，在下雨時觀察它。你得去感覺它，記住它的氣味，來回走動探索山岩的觸感。如此一來，這地方便永遠伴隨著你。當你遠走他鄉，可以呼喚它；當你需要時，它就在那兒，在你心中。」

即便住在都市裡，也可以進行這樣的「定點觀察」，不論是巷子附近的小公園，或河堤附近的矮樹叢。一年四季不間斷地記錄和觀察，在不同時間、不同心境，記憶的畫面會一個一個堆疊，慢慢滲入個人的情緒裡，伴隨著的笑聲與淚水使此處成了內心的祕密花園。當我們在生活中感到累了、倦了，或有需要的時候，隨時可以召喚它。

人類的生命歷程中，有一段對自然環境特別敏感的銘印期，也就是一個人「故鄉情感」的來源。這時與土地的接觸，就像將生命扎根在土地上，形成一生認同的所在、一生情感的依戀，也是個人生命與自然生命相連結的契機。

倘若一直生活在都市水泥結構中，沒有真正踩過泥土、沒有抱過樹、沒有聽過風聲和海濤聲、沒有仰望過浩瀚星空、沒有體會宇宙的奧祕與萬物的神奇，就如陳之藩形容「失根的蘭花」一般，生命的意義終將虛浮不實在。

「無根」通常指一個人離開了兩種根源：一是大自然，另一則是家庭或國家民族。大自然裡有生命流動的韻律，看到花開花落、月圓月缺、春夏秋冬、寒來暑往，看到野生動物、繽紛萬物有生有死，但是生命永遠不會消失，永遠能感受到生命的力量。當我們在科技文明世界、人工打造的環境中，感到疲憊困頓時，請記得重新接觸大自然，感受生命最初形成時，充滿朝氣活力、不斷循環、永不枯竭的力量。

愛因斯坦曾說：「**人類所能經驗最美、最深的感情，是神祕的感覺，是所有科學的起源，**

無法認識這種感覺的人，不再肅然而立、讚嘆宇宙奇妙之工，活著與死了沒什麼兩樣。」

的確，當我們失去了星空，失去體驗浩瀚天體的無窮；當我們失去到森林裡傾聽與觀察各種生物的機會，失去了遇見生命的感動，想像力與創造力也會逐漸在成長過程中失去。

想要真正瞭解大地之美，不能只是站在遠處用眼睛去看，或是透過高傳真影像去欣賞；而要實際走一段路去親近，也許會流流汗、喘喘氣，甚至受點傷，然而大地的回饋值得我們付出這些代價。

成為自然荒野的一部分，躺在大石頭上聆聽流水聲，仰望爭相閃爍的星星，感受帶著草香的微風。當我們體驗到「陽光灑在心上，溪流穿軀而過」，才會真正瞭解那是一種萬金不換的存在感！

記住你眼前所見，記住此地的氣味，
這地方便永遠伴隨著你。（蘭嶼）

曉風的情懷

有時會想起胡金銓的《龍門客棧》，大門碰然震開，白衣俠士飄然當戶。

「幹什麼的？」

「管閒事的！」

回答得多麼理直氣壯。

我為什麼想起這些？四十歲還會有少年俠情嗎？為什麼空無中總恍惚有一聲召喚，使人不安。

這段文字來自張曉風老師三十年前所寫的〈情懷〉，整整三十年，案頭始終擺著這篇文章，每當疲倦困頓時，我就拿起重看一遍：

四十歲了，沒有多餘的情感和時間可以揮霍，且專致的愛腳跟下的這片土地吧！且虔誠的維護頭頂的那片天吧！生平不識一張牌，卻生就了大賭徒的性格，押下去的那份籌碼其數值自己也不知道，只知道是餘生的歲歲年年，賭的是什麼？是在我垂睫大去之際能看到較澄澈的河流，較清鮮的空氣，較青翠的森林，較能繁息生養的野生生命……

當年曉風老師寫這篇文章是為了一隻「赫氏角鷹」被捕而仗義執言，然後她看到恆春滿街賣烤伯勞鳥，看到滿地的伯勞鳥嘴尖（抓到鳥後，先把鳥嘴折下來，免得咬人，然後才烤來吃），她寫著：「**為什麼有名的關山落日前，為什麼驚心動魄的萬里夕照裡，我竟一步步踩著小鳥的嘴尖？**」

曉風老師於是像個飄然當戶的俠客，插手管這些閒事，「為那不能自述的受苦者說話吧！為那不能自伸的受屈者表達吧！」

臺灣這三十年來的生態保育運動，從此萌芽。

現任內政部營建署的葉世文署長曾擔任多個國家公園管理處處長，他回顧臺灣的生態保育歷程說：「臺灣有生態保育概念是從候鳥的保護開始，也就是從墾丁國家公園成立前後的候鳥保護運動開始。」

曉風老師以如椽大筆為臺灣的生態保護揭開了序幕，她雖不是我們想像中身上揹著望遠鏡與相機上山下海的賞鳥人，但她說：

我是個愛鳥人嗎？不是，我愛的那個東西必然不叫鳥，那又是什麼呢？或許是鳥的振翅奮揚，是一掠而過，將天空橫渡的意氣風發，也許我愛的仍不是這個，是一種說不清的生命力的展示，是一種突破無限時空的渴求。

也許我愛的是一種說不清的生命力展示，是一種突破無限時空的渴求。（臺南）

她又說：

不知從什麼時候開始，我變成了一個容易著急的人。行年漸長，許多要計較的事都不計較了，許多渴望的夢境也不再使人顛倒，表面看起來早已經是個可以令人放心循規蹈矩的良民，但是胸臆裡仍然暗暗的鬱勃著一聲閃雷。等待某種不時的炸裂。

於是，該愛的，要來不及地去愛；該恨的，要來不及地去恨。曉風老師七十年來不曾向任何人下跪，但保留這塊綠地是「卑微的乞求」，為了喚起良知和對土地的尊敬，她選擇下跪，向所有有權力的人請求，希望臺灣的生態環境不要再被破壞下去。

我不知道有沒有人能夠看到曉風老師磕頭下跪的鏡頭而不動容的？

她說出了廣大民眾卑微的乞求，不要像敗家子一樣，把後代子孫安身立命的環境出賣了！當向來溫良恭儉讓的曉風老師說出：「寧可拆掉總統府，也不該

樹在，山在，大地在，歲月在；我在，你在，共同渴望著更好的世界。

去毀壞這塊綠地！」背後的無奈與滴滴血淚，有權力的人可曾聽到？

從年少時開始看曉風老師的文章，但直到前些年才有機會親炙老師之面。那是在《文訊雜誌》舉辦的「人與土地」座談會，有幸與老師同臺比鄰而坐，除了當面向她表達敬意之外，更提到我的女兒也到了當年我看老師文章的年齡，因此把老師所有著作找齊了，陪著孩子重新再看了一遍，許多篇章重讀之際，仍不時令我掩卷沉思，情緒澎湃。

原來這二、三十年來，一路鼓舞著我前進的，就是曉風老師的情懷啊！

因為愛的緣故

多年前，張曉風老師曾講過一則小故事：

有一年，一位在哈佛大學任教的醫生到臺灣南部極偏僻的小城義診，他醫好了一個窮苦的民眾，沒有向他收錢。那民眾回家砍了一捆柴，走了三天的路，到城裡，把那一捆柴放在醫生腳下，可笑的是他不知道在現代人的生活裡已經沒有人在燒柴了，他的禮物與辛勞當然是白費工夫的。

但是事實卻不然，在愛裡沒有什麼是徒勞的。那醫生後來向人複述這個故事時總是說：「在我行醫的生涯中，從未收過這樣貴重、高價的禮物。」一捆柴只是一捆荒山中枯去的老枝，但由於感謝的至誠，使它成為記憶中不朽的財富。

是的，在愛中、在誠摯的心意中，沒有什麼事是徒勞的。

有人問我為什麼能夠在長達二十年裡，放棄可以工作賺錢的時間，為社會公益奔波於各地？也有同樣在環境保護運動路上的夥伴不解，我為什麼可以做得這麼快樂？

我知道要有效地真正改變一些事情，不是喊喊口號就可以了，必須以極大的毅力去吸收知識，以獲得解決問題的能力或判斷力；同時也必須以極大的紀律去做苦工，腳踏實地，一對一、面對面、一步一腳印地付出勞力與血汗，或者一字一句地寫、一封信一封信地寄；還必須委屈求全，面對既得利益者、面對刁民或金錢勢力等自己不以為然的人事物，就算理再直，氣卻得更和婉、更低下來溝通或妥協。

我的外在有時表現出毫不在乎的樣子，其實是太在乎了；看似無所謂，其實是太有所謂了。也有些人看到我笑口常開，認為我天生是個無可救藥的樂觀者，其實我經常得和自己的無力感對抗、經常得與自己的灰心沮喪對抗！

無力感往往源於想達到的目標太過龐大，或者問題癥結是體制，是現代社會結構與生活方式，不論個人再怎麼努力，似乎看不到具體成效而產生。灰心更是最常見的，在做事的過程中，碰到別人冷漠的對待、夥伴的誤解，甚至其他單位或團體的批評或中傷，都會使我感到灰心。

愛爾蘭有句俗語：「一個人不會被累死，只會被煩死。」體力的透支或能力的不足，都有機會彌補，只有來自精神上的壓力，會真正折損一個人。

從事社會運動或在公益團體當志工的朋友，常會有「理直氣壯」的態度，往往因為自己「出

在愛中、在誠摯的心意中，沒有什麼事是徒勞的。

力又出錢來做好事」，對於別人的誤解、批評或中傷會特別敏感。我在公益團體當志工已有二十多年，早年會因別人的冷嘲熱諷，或者有意無意的曲解、中傷而氣憤難過。

這十多年來，我手邊常放著一本書，當情緒低落時就重新閱讀，用以提醒自己、鼓舞自己。這本書是《一條簡單的道路》，介紹德蕾莎修女的質樸之道，我抄錄了一段聖方濟的祈禱詞做為座右銘：

讓我可以去撫慰而不尋求撫慰；
去瞭解而不尋求被瞭解；
去愛而不尋求被愛；
因為唯有忘記自我才能發現自我。

此外，能讓我重新振作起來的力量，就是腦海中荒野夥伴們真摯的眼神與無怨無悔的付出；當我想到一幕又一幕的活動畫面、夥伴們一次又一次面對環境破壞所流下的眼淚，眼界大千皆淚海，是我得以鼓起勇氣的動力來源。哦！不對，不只是因愛所流的淚，還有因愛所產生的歡笑，以及夥伴們彼此溫暖的對待與體貼的打氣、等待與陪伴，都是我得以繼續往前走的動力！

多年前，李育青夥伴擔任荒野合歡山體驗活動的領隊，當他帶著大夥兒坐在山頂，望向被蠶食鯨吞的山林，不禁當場哭了起來。曾擔任高雄炫蜂一團團長的蔡亦琦夥伴，帶著小蜂做自然觀察，忽然看到一棵大樹被人破壞，她站在那裡哭了半小時，讓小蜂們嚇了一跳。

都是因為愛的緣故！

荒野成立那一年，第一次辦花蓮自然體驗活動，黃雍熙、廖惠慶帶著孩子全家參加，隨著荒野夥伴在他們家鄉玩耍。活動結束，他們自己開車，繼續尋覓童年往事。當雍熙看到臺東濱海公路正在拓寬的可怕景象，看到毫無必要的堤防與消波塊，毀掉三棧溪人與自然互動的可能，他激動地向惠慶說這裡以前是多麼美好……惠慶聽了，丟下一句：「你不要只對著我一個人演講，為什麼不向其他人講？為什麼不設法改變呢？」

雍熙是在大陸開鞋廠的臺商，在那次休假結束回大陸上班途中，他寫下生平第一篇文章，不久後返國，揭開荒野保護協會鄉土關懷的序幕，也走出荒野從事環境保護行動的第一步。

多年後，我在雍熙家聊天，惠慶找出一份陳舊的原稿，是雍熙當年傳真給工廠合夥人的文件，說明他要請假留在臺灣保護花蓮，不知道需要多久時間，若是合夥人不同意，就把他的股份賣掉。辭掉工作留在臺灣為家鄉努力，這需要多大的勇氣與決心！

都是因為愛的緣故啊！

真正的愛，可以激發出巨大的力量，這種力量會綿延不絕、永不止息！

永不匱乏的真實生命

在科技能製造並虛擬出所有影像的時代，我們愈來愈弄不清楚何者為真？何者為假？各種螢幕塞滿視野所及之處，手機、電腦、超音波顯示幕、心臟監視器，以及無所不在的電子廣告看板……螢幕無所不在，指導我們、娛樂我們，不知不覺中也形塑了我們的思想與靈魂。吃飯不再是因為肚子餓，休閒也成了生活中必須設法填補的空檔。

科技使人疏離人、疏離自然、疏離了自我。不知道有多少人午夜夢迴時會問自己：「電視、行動電話、電動遊戲到底是增加了還是折損了人類經驗的品質？」當我們有了更多的東西，不但沒有豐富自己，反而更加貧窮，這種貧窮是注意力的喪失，是真實生命的消逝。

或許我們該向原住民學習，以部落的方式生活，真實的時間便能開始流動。當我們活在沒有被手錶制約的日子中，時間是永不匱乏的。

孤獨卻豐富的旅行

假如世界末日即將來臨，你會到哪裡旅行？

或者在告別過往、面對全新的生涯之前，你會從哪裡開始？

我想找個有山有海的地方，不必是遺世獨立、杳無人煙之處，但是當地住民也不至於殷勤到會干擾旅客。最好是一個人獨自旅行，或有一個彼此不講話也能很自在的夥伴同行。這樣的地方在臺灣東海岸不少，若能夠買得到機票，我會想到馬祖列島。

從臺北松山機場起飛，五十分鐘後到達由山、海、石頭屋所構成，洋溢地中海風情的馬祖列島。

對馬祖有比較特殊的感情，來自於服預官役時，在那裡待了一年九個月，當時仍是戒嚴時期，氣氛冷冽，訊息隔絕。

對很多人來說，單調嚴肅的日子很難熬，我卻很享受人生中有那麼一大段空白、沒有干擾、沒有掛礙的日子。長官要你向右就向右，要你蹲下就蹲下，只要乖乖聽命令，然後把自己該做的事做好，就沒有人來增添煩亂；而且軍官有自己的寢室，生活自由度高一些，每天還能有些時間看書、看雲、看海。換個角度想，簡直像現代人羨慕的度假或退休生活。

馬祖包含了好幾個小島，既然是島，就有海岸、有沙灘，縣政府所在地的南竿島都是山，走在路上，不是上坡就是下坡，在這裡可以享受山的景致，又能同時擁有長長的海岸線。

我喜歡在海潮漲退中沿著海岸邊散步，所有的情緒都被帶向大海，甚至連理性的思考也沖刷一空了。整個人像是隨浪滾動的貝殼，隨時迎接海與風沙的流動，不知不覺間，人就融於虛空、融入海天一色了。

若晚上在海邊走得累了，便躺在沙灘上仰望滿天星斗，感覺身體似乎慢慢向外展延，進入浩瀚星空。

走在小島上，對時間與空間的感受不同於在都市之中，人與人的關係不再是疏離的酬應或做作的客氣，而是一種舒服的、淡淡的親密。

獨自一人走在山裡，又是全然不同的領會，那是種既豐富又安心的感覺，森林裡的眾多物種有其生命流動的韻律，花開花落，在自然的循環中，找到了天地與我並生、萬物與我合一的安心感。

世紀末的旅行，或是生命重生的旅行，都必須回到獨自面對內心的狀態。一切的追尋，只是為了在過程中重新體驗自己，眼前的風景，反射了當下的心情。

我們不必真的等到世紀末或生命重生之際，才開始尋找人生的伊甸園，應該想辦法在日常生活中，營造出小小的空間，可以孤獨地面對自我；也要在日復一日的工作常態中，給自己留點時間，離開慣行的軌道，從另一個地方回首望望來時路。

對很多人來說，當兵單調的日子很難熬，我卻很享受有那麼一段空白、沒有干擾的日子。（馬祖）

在馬祖可以享受山的景致，又能同時擁有
長長的海岸線。（馬祖）

綠意都市活生生

曾應臺灣心理治療與心理衛生聯合會之邀，在亞太地區心理健康城市論壇裡以「都市、荒野與心靈」做了一場專題演講，為了準備這場演講，我特別找了一些有關城市發展的書來看，倒是有了許多新的體會。

原本身邊接觸到的大多是討厭城市生活的朋友，他們都是對鄉村或充滿綠意的田園景致懷抱浪漫想像的人；作家經常以城市中普遍心靈冷漠來調侃：「所謂城市，就是千百萬人聚在一起，卻過著寂寞生活的地方。」「生活在大都市裡的人有很多種痛苦，有時候希望不理人，有時候希望找個人說話，但兩者均極為困難。」

許多社會學研究者以五十年前出版的《歷史中的城市》做為教科書，對於工業化後大都市的看法總是負面居多，認為都市是疾病、貧窮與罪惡的淵藪；可是哈佛大學經濟學教授愛德華·格雷瑟 (Edward Glaeser) 所寫的《城市的勝利》，以豐富的資料與證據，研究範圍遍及全球，並跨越歷史，包括了成熟的歐美都市與新興發展國家的城市。總體結論是，不管在已開發或開發中國家，相較於鄉村，城市使我們更富庶、更聰慧、更環保、更健康和更幸福。

面對這兩種截然不同的看法，不管你喜不喜歡住在城市裡，都必須面對一個事實：聯合國宣布，二〇〇八年城市人口超越鄉村人口，並且差距逐年拉大，當地球上所有城市面積加起來不到百分之三，卻聚集了過半數以上的人口，耗用了將近百分之八十的能源；面對全球化競爭，城市扮演的角色逐漸超越了國家時，我們勢必把心力放回城市，畢竟到深山裡建築一座香格里拉是不切實際的，不如想辦法在人間蓋一座大觀園，想像一座理想的城市。

城市是人類社會發展出來最複雜的一種組織，而且持續在加大。日本有三千六百萬人生活在東京大都會區，印度孟買與中國上海也各聚集了超過一千二百萬人，美國有兩億四千三百萬人擁擠地住在面積只占百分之三的城市裡……都市必須從問題的淵藪變成解決問題的契機，才能增進人類的幸福感。

格雷瑟認為，以前把都市視為貧窮、犯罪、汙染、擁擠、疾病之淵，但是據他以確實研究數據顯示，現代人在城市其實過得更好，不管是從健康情況、經濟收入或者壽命長度等指標來看；他更提醒城市並不會讓人變窮，而是會吸引窮人前來，當弱勢族群從鄉村湧入城市，這是城市優點的證明，而非缺點。

格雷瑟也認為，城市愈大，效率愈高，人口密集力量大，而且當意見交流快，心智互動就多，創意也多。換句話說，城市人口眾多容易讓某個聰明人遇到另一個聰明人，彼此容易碰撞出火花，產生新的觀念。

的確，城市和都會代表了心智和金錢，也是權力與影響力的來源，因此有人說，世界歷史其實就是城市發展的歷史。

若是以人均碳排放來論，住在高樓林立的都市，的確比住在郊區大房子開車上下班來得節省能源。低碳城市是當前國際大都市致力追求的目標，除了防止全球暖化、節約能源之外，也能降低環境汙染，增進生活品質。

低碳城市除了要提倡綠建築，最重要的是整個城市規劃設計觀念的改變，比如：將以車子為主的街道還給行人，馬路除了交通功能，應該還可以用來逛街、遊戲、吃飯、喝咖啡，也就是營造出一個可以散步的城市。鼓勵以自行車當作通勤的交通工具，用大眾運輸系統取代每個人自己開車，都是建立低碳城市最基本的條件，但最重要的關鍵是不只建築綠起來，整個城市也要綠起來，使人與自然可以和諧相處，讓城市不只是適合人住的地方，也能夠成為其他小動物的棲息地。

這是許多人理想中的城市，有不少政府想規劃建設一個美好的城市，有成功的例子，也有更多失敗的案例，畢竟人一廂情願的想像，常常跟不上時代變遷與社會自然而然的有機成長。

我讀小學時，臺北市新生南北路的瑠公圳還沒封起來，在小學生眼中，簡直是條大河流，

讓整個城市綠起來，不只是適合人住的地方，
也能成為其他小動物的棲息地。

生命中最珍貴的東西，都是不花錢的，
而最美麗的往往是看不見的回憶。（臺北）

而且岸邊有垂楊、柳絮隨風飄揚。當時已有都市規劃概念，松山機場附近的井字型民生社區及眾多巷弄間的小公園都已成形。

到了國中時，坐公車到住中永和的同學家玩，公車高速奔馳，我在左右排椅子間被甩來甩去的，往窗外一看，四周都是稻田，但大馬路卻是彎彎曲曲的，有點納悶，卻沒多想。

直到前幾年，看到已退休的都市規劃專家的文章才恍然大悟，原來當初想像中永和是臺北市的衛星市鎮，希望像美國城市四周的郊區一樣，屬於低密度的住宅區，主要幹道的大馬路彎彎曲曲，是希望像西雅圖、舊金山一樣，馬路上每個轉彎處就是一座小公園，路邊是一棟棟別墅型住宅，路彎曲，車子自然會慢慢開，人們悠閒的在其間散步……

或許我們不能以後見之明來批評這些浪漫的都市規劃專家，但是我們都知道隨著臺北大都會的發展與成長，大量人口往小小的臺北盆地集中，原本預想是低密度獨棟別墅住宅的中永和，變成超高密度的公寓大廈，蜿蜒的大馬路變成交通的死結，恐怕不是當初那些專家所預想得到的。

其實不只是專家，普通人都會把自己的審美觀投射在我們與環境之間的關係，認為住在不同房子、住在不同地區就會變成不同的人，認為建築裝潢必須呈現出獨特或理想中的自我。選擇居住的空間不只代表我們的審美觀，還隱含了我們對某種生活方式的偏好，也傳遞了我們心目中對美好人生的想像；而且更弔詭的是，一個人或整個時代所追求的審美觀，往往是這個社會所欠缺的，因為我們總是尋找外在東西來彌補精神或心靈所欠缺的部分。

這或許是許多人憧憬居住在鄉野環境的緣故吧？因為自然生命已從居住的空間消失，我們周圍擠滿了人，卻與這些人毫無關係，而我們希冀回到那種與左鄰右舍互相聞問的生活。

或許我們必須如同本雅明 (Walter Benjamin) 一樣覺悟：「**人直接面對自然的時代，可能已永遠過去了。**」只能想辦法在現有的都市裡建構一個屬於我們的幸福城市。

作家普魯斯特 (Marcel Proust) 希望居住的地方是：「**住在所愛的人附近，有迷人的自然景致，許多書和音樂，離劇院不遠。**」詩人波赫士的要求比較簡單：「**想像天堂是圖書館形狀。**」

至於我所想像的幸福都市是一個人與人親切友善、文化多元、生活步調較慢的地方，因此這個城市要留下許多富含人情味的公共空間，比如：街角的小公園、騎樓、人行道與咖啡館，讓人可以隨時駐足、停留。

當然，這個城市也應該是個文化空間，能夠留下過去的歷史，讓我們的記憶得以延續。最重要的，一個能夠讓人覺得美好的城市，一定要是活生生的、充滿生命力的，若能在人工的建築中保留一些植物與動物生存的空間，才是符合人性的空間啊！

在生命長流中相認

彷彿才是昨日。

忘不了民國八十七年三月八日荒野嘉義分會成立，當天上午桃花心木林裡的浪漫，在滿天飛舞的種子與葉子中，大夥兒互相擁抱、互相祝福、互相期許，阿銘轉述種子說的話：「因為時候到了，所以我掉落。」

原來，世間的一切都早有安排。

就像我們能在千萬年時間的無涯荒漠裡，在億萬人當中，沒有早一步，沒有晚一步，相遇了，相遇於荒野。

我常默默唸著夥伴的名字，靜靜看著夥伴們在陽光下燦爛的臉龐（雖然名字與容貌總是對不上）。我喜歡在各個活動中，辨認大家宛如赤子、像天使般發光的臉龐；也喜歡在彼此擁抱中，感受熱情躍動的心。

因為有你同行，我不孤單。我們在生命長流裡相認。

綠色婚禮正流行

讀中學的女兒為了寫一份作業，需要找他們小時候的相片，翻箱倒櫃中找到一盒我當年結婚時的資料與相片；他們興致盎然地看著相片，一邊取笑我年輕時的模樣，一邊好奇地問：「你們的婚禮好像和一般人不太一樣，倒是有點像不久前我們去參加荒野幾位叔叔婚禮的形式。」

愈來愈多朋友婚禮採用不一樣的方式，甚至不寄實體喜帖；也有資深志工不只是用茶會方式，而且將全部禮金捐給荒野保護協會以及其他生態保育團體；在戶外舉行餐宴，省下燈光與冷氣的荒野志工也不少。除了力行節能減碳之外，他們大多也想用心設計一場特別的婚禮，為自己的人生大事留下難忘的回憶，也可以讓參加的賓客玩得更自在盡興。

綠色婚宴正流行，在豪華飯店和一桌幾乎不認識的客人一起吃喜宴，簡直是遜掉了，既沒創意、不環保又不好玩。這年頭的年輕人做事不是追求又炫又有意義嗎？

我自己在二十幾年前結婚時，就決定設計一場有意思的婚禮；每次我去參加朋友的傳統喜宴時，總是吃得很不自在，當然不願意好友們來參加我的婚宴也覺得是受罪。

當年全球暖化問題還沒受到關注，節能減碳的觀念也尚未普及，而且當時臺灣股市正狂飆，房價一日三漲，大家樂瘋狂盛行，現在回顧，我的婚宴還頗符合現在的綠色風潮。

我的婚宴雖然沒有花太多錢，卻相當花心思，希望每個來參加婚宴的朋友都能玩得盡興。

訂婚之後，我將戴了訂婚戒指的相片貼在自己設計的西式訂婚卡上，卡片裡附上一張祝福卡和已貼好郵票的回郵信封，廣泛寄給同學與老朋友。希望收到這張訂婚卡片的朋友們，可以在祝福卡貼上自己的全家福相片或與女友的合照，然後寫一些祝福的話，回寄給我。

訂婚卡寄出後，中間經過了聖誕節與元旦新年，我又寄出了一張自己絹印的簡單賀年卡，針對沒寄回祝福卡的朋友，再寫幾句話提醒他們。

正式婚宴寄喜帖時，我只邀請那些有貼上近照與寫祝福卡的朋友，一直沒有回訊的人就不丟「紅色炸彈」去騷擾了，免得給人「打秋風」之嫌。

婚禮是結合茶會、自助餐及晚會三種型式。下午的會場安排成讓參加者可以各自開同學會或老友碰面聊天的場合，並將每個人寄回的照片與祝福卡布置及展示在會場中。換句話說，每個來婚禮的人都可以在會場找到他的近照，或是我們認識當年的相片。

每位來賓入場時，我們會發給他大大的名牌，要貼在胸前，名牌分為三種顏色，紅色是已婚，粉紅是未婚但已有固定男女朋友，綠色是單身。

到了下午六點，感人的入場與宣誓儀式之後，就是自助餐會的時間了，大家拿著餐盤四處遊走聊天；七點半開始晚會，由來賓表演節目；九點半以後變成舞會，同時陸續送客。

當年參加過的朋友都印象深刻，也吸引了許多媒體報導，其實整個婚禮流程用的經費非常少，以現今流行名詞來說，當然比較環保，比較節能減碳。

現代人都很忙，沒辦法在婚禮前有太多前置作業時間，也有人採用簡單又環保的方式，比如：喜宴採用素食，朋友的說法是婚禮是喜事，不希望有任何生命因為喜事而死掉。

素食比吃肉環保，若能盡量採用當地食材，不耗能地從遠地運來餐點與飲料，也是稍微注意就能做到的事情。最近還有朋友為每個來參加喜宴的賓客種下一棵樹，就像荒野志工將禮金捐出一樣，也是一種身體力行的「碳中和」。

總之，婚禮是人生大事，值得用心規劃出既環保又具意義的喜宴。

女兒們興致盎然地看著相片，一邊取笑我年輕時的模樣。

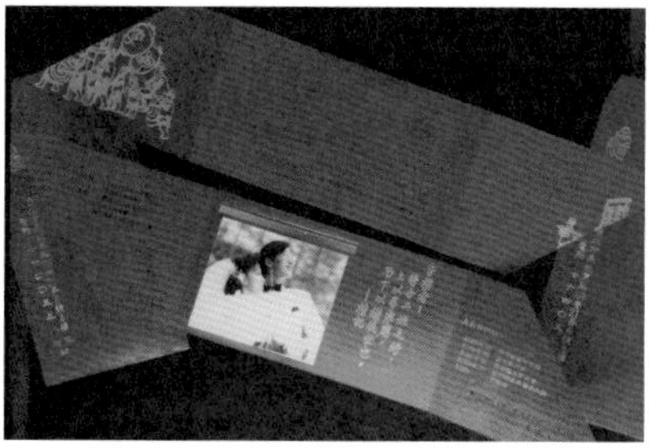

我的婚禮喜帖，有傳統喜氣的顏色，也有獨樹一格的自創設計。

收到訂婚卡的朋友可以在祝福卡貼上全家福相片，寫些祝福的話，回寄給我。

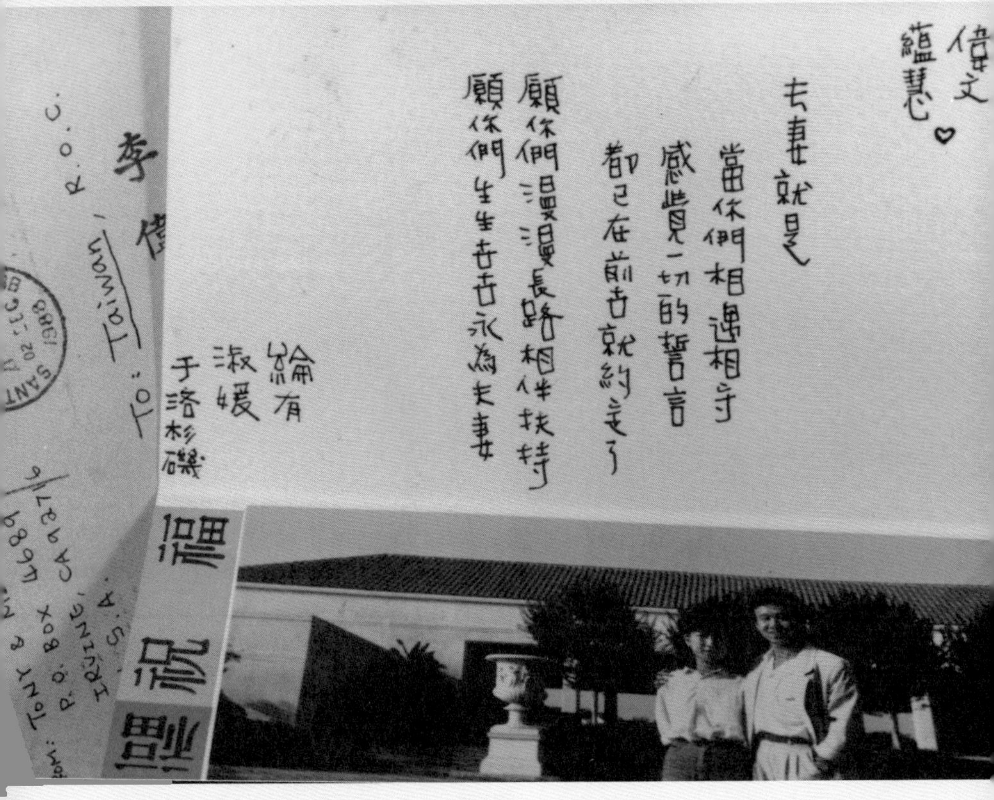

死之前一定要活過

曾經有人做過問卷調查，詢問即將退休的中老年朋友：「退休後想做什麼事？」絕大多數人回答「旅行」；再追問：「最想跟誰去？」結果男性都填「太太」，女性卻寫「朋友」。

從調查結果可以推測，男人平常忙著工作，下班後的活動通常也與公司客戶或同事有關，不然就是掛在網路上或黏在電視機前；退休後原來的人際關係一一中斷（你有空閒，還在上班的同事可沒空），只好依賴家裡的老伴，而另一半這時也許根本不想理會身邊的大拖油瓶，想到這裡，不禁為男人捏了一把冷汗。

不管男人或女人，一定要趁年輕有體力、有精神時，用心安排下班後的休閒生活，順便為退休後的漫長時光預做準備。

現代人的平均壽命延長，假如沒有罹患病症或突發心血管疾病的意外，活到八、九十歲是很正常的。但我卻遇到不少退休後衣食無虞或經濟狀況富裕的人，活得很不快樂。如何讓這一長段時間活得自在快樂，自然而然成為很重要的課題。

要有幸福人生，生活中必須保有值得期待、值得努力的事情，興趣必須在有精力時開始培養，尤其是有技術性、能不斷進步的興趣，比較容易產生持續的熱情。有一群好朋友相伴更是不可或缺的元素，若是友誼經得起多年歲月考驗的老朋友更令人安心。

作家隱地曾說：「一個過分忙碌的人會喪失愛別人的能力。」忙碌工作時，我們的世界只有業務往來的客戶及同事，即便不是充滿銅臭與功利算計，也很難有機會練習「愛的能力」。若是加入公益團體，在不計名利的純然付出中，不但可以找到生命的意義與價值，而且可以持續到退休後，同時在與年輕志工共事中，傳遞我們的人生經驗，能有所貢獻是幸福感的另一個重要來源。

當我們保有一些興趣，有一群老朋友，再加上定期參加公益團體的社會服務，就不至於如幽默作家所說：「千百萬個渴望不朽的人，卻不知道在下雨的星期天午後該做什麼。」不只是星期天，退休後幾乎可說天天都是星期天，若找不到事情做，寂寞有可能會把人逼瘋。

生活得最有意義的人，不是最有成就或活得最久的人，而是對生活最有感受的人。（彰化明道大學）

自高處凝視城市，藍天、大海、綠地總是令人目不轉睛的美好。（澳洲）

為城市守住一片自然

隨著人類追求更舒適、更便利的文明生活，在科技的幫助下，人的足跡所到之處，自然荒野就遭到破壞甚至滅絕，此兩者似乎是相對立的價值選擇。

人類在漫長演化中，從狩獵時代掙扎著生存下來，直到發展出高度複雜的文明，哲學家懷海德 (Alfred North Whitehead) 曾形容：「**自有人類以來，不知道經歷多少落日時光，忽然有一天，看著西方的落霞，『呀』了一聲，人類的文明自此開始。**」我非常喜歡這段描述。

野蠻與文明的分際，來自對自然美好的感受與讚嘆。當我們不必整天為了存活而耗盡心神，開始有餘裕欣賞周遭的世界時，文明才得以發展。

對美好的感受與生存的實用價值是不同的，哲學家康德 (Immanuel Kant) 說：「**美是一種無目的的快樂。**」這句話提醒我們，若是所做所為都考量著「實用目的」，往往就喪失了美的可能性。

在變化迅速、焦慮憂鬱的時代裡，自然荒野更有不可取代的價值，深入其中可以接觸到比短暫人生，以及瞬息淘汰的物質器物更為長久的事物，可藉此安定浮躁的心情。

現代人因工作與生活便利性，逐漸移居到城市裡。當建築物愈蓋愈高，人們離土地與自然就愈來愈遠了；且因空間規劃失當，人們無法悠閒地停留，在街道上來回匆忙地奔走；同時為了鼓勵消費，不斷蓋起大賣場、百貨公司，一棟棟建築物將自然景觀趕出了日常視野。心靈一旦被欲望塞滿，情感也就失去了柔軟的餘地。

從生態經濟學的分析可得知，一處原始的大自然，對人類、對萬物長遠的價值是最高的，經過人為開發，也許短期內可以獲得經濟的利益，但一年一年過去，它的價值會遞減，終究比不上保留完整的自然野地。

「人塑造環境，環境塑造人」，我們的確有能力改變環境，塑造出城市景觀，久而久之，環境就會回過來改變我們的個性與視野。

在都市裡留下一片原始森林或荒野公園，讓人類重新審視與大自然間的互動關係，重新見到上蒼賦予萬物生命的意旨，這是我們給自己和後代子孫最好的禮物了。

回到那失落的世界

宗教學大師摩爾說過一段話：「人生最有價值的事物，在於感受人與人之間的愛及藝術，還有自然之美的藝術形態。」

我們在城市中每天看見許多不同的人，甚至在捷運上、電梯裡，人與人之間幾乎前胸貼後背，距離這麼近，彼此內心卻非常疏離與寂寞。

生活在人工化的都市裡，不管白天或晚上，一年三百六十五天，一天二十四小時，無時無刻可以工作或活動，雖然方便，但也喪失了春耕、夏耘、秋收、冬藏一年四季的節奏。違反自然的都市步調永不止息、永不間斷地運轉，讓我們無法喘息，也喪失了對生命的感受。

我常想念似乎已失落的過往世界，那個與街坊鄰居熟識、可以隨時停在路邊閒話家常的時代，那個物資困乏、但人情很多的時代，那個雖然生活比較不方便、但是心情比較快樂的時代。

我從城市裡搬到臺北近郊山中社區的原因，正是想找回鄰居之間相互串門子這種古老而悠閒的習慣。

#4 電信系統忙碌中

抒懷瞻顧

創意是一種生活態度

三十年前，國際巨星依莉莎白．泰勒受邀來臺，離臺前記者問感想，她說臺北是個醜陋的城市。時移序轉，今天的臺北不只愈變愈美麗，連空氣中都充滿文創的氛圍，簡單生活節、四大主題街區活動、國際設計論壇、城市設計展、原創基地節、設計師週，從百貨公司到街頭地攤，到處充斥標榜創意與設計的商品。

從華山酒廠、松山菸廠，到各城市火車站附近的倉庫，閒置空間一一改成文創園區。這些年全臺都在瘋文化創意產業，視為未來的希望與出路；因此產官學三領域傾全力投入，匯聚了大量的人才。但我覺得創意不是想一些怪點子，搞一些花招或很酷炫的設計，真正的創意應是有效解決問題的過程，創意更是一種面對生命的態度，也是每日生活的習慣。

關心社會，願意改善社會，希望為既存的問題找到解決的方案，這些是創意最重要的動力，因此，公益和分享才是創意發想的根源。

文創產業最重要的是要將傳統文化消化吸收之後，用到日常生活或流行文化，除了有知識及設計能力之外，還得有企畫、行銷等執行能力。

雖然每個人、每個政府、每個國家都知道文化創意產業是提高產品附加價值，以及當下到未來重要經濟競爭力的關鍵，但是如何充實相關能力，卻不只是喊喊口號、撥些經費或劃設專屬園區就能達到目標的。

認識了一位新朋友，在美國矽谷開創投公司的鄭志凱總經理，志凱兄身處全世界競爭最激烈的商業現場裡，不斷地親身參與，又不斷地抽身以更全面的角度來觀察與思索，寫下了一本談創意的書——《錫蘭式的邂逅》。乍看之下，他關注的主題雖然好像很龐雜，從創意與創業、科技與產業發展、管理與決策、時代趨勢，一直談到人文思想、個人成長、社會行為到永續的世界等，這些看似難以歸類的面向，卻是現代人所必須面對的真實世界。換句話說，在複雜且彼此息息相關的時代裡，我們做任何選擇時，必須同時考慮這些重要議題，他以非常清晰的思路，抽絲剝繭地為我們釐清複雜甚至互相矛盾的現象，是我最佩服的地方。

雖然我學醫，開了間小小的診所，基本上並不需要用到管理學理論，但二十多年來，我花了很多時間參與非營利組織的發展和管理。除了《天下雜誌》從創刊訂閱至今外，《商業周刊》等刊物幾乎篇篇文章都看，市面上較知名或暢銷的企管書籍，大概都不會錯過；然而看了這麼多成功祕笈後，不管那些大師們講得如何頭頭是道，內心總不免懷疑：「真的這樣做就會成功嗎？」

這些似乎言之成理的成功之道會不會都犯了「存活者迷思」？大師們說要創新、要藍海、要專注（或要多角化經營）、要搞怪（或要有紀律）……然後舉出一大堆遵循此原則而成功的企業，但有無以計數的企業同樣這麼做卻失敗了，又該怎麼說？就像有人航海遇到暴風雨卻倖存下來，他們說全歸功於虔誠的祈禱，是神的加持；可是有更多同樣虔誠祈禱卻慘遭滅頂的人，卻沒有機會活著回來說：「都是祈禱的結果。」

志凱兄之所以能夠跳脫大部分企管專家會陷入的迷思，或許是因為看到太多失敗的例子。由於工作關係，他接觸到來自全世界的傑出人才，並且協助這些有頭腦、有創意的人才創業，不只可以參與並近距離觀察產業的更迭、趨勢的潮起潮落，更重要的是真實體會創業的艱辛，或許就是他能夠謙虛看待成功的原因。他知道哪些是可以處理的，哪些是無法掌握的，他說：「**成功不但沒有公式，也沒有絕對的尺度。**」雖然不會故意反對主流的觀點，卻更願意站在主流對面，仔細觀察與思考。

我很認同他所說令人驚豔的「偶發力」是創意發想的來源。英國小說家華爾波（Horace Walpole）一七五四年發明了serendipity這個詞，有人翻譯成「錫蘭式邂逅」，志凱兄則稱為「偶發力」。

在這十八世紀暢銷英國的童話故事中，錫蘭的三位王子遊訪世界，雖然找不到想找的寶物，

培養一雙慧眼，在眾多事物中，撞見毫無預期的新發現。（高雄）

但在遊歷尋訪的過程中，一直發現原本意想不到的東西，幫助了許多人。「偶發力」這個名詞的意思是沒有預期、意料之外的發現，意外的發現不是瞎貓碰到死老鼠，或者是醉漢半夜在街口的隨機漫步，它是個機靈的心智，經過刻意的尋覓，偶然撞到原本毫無預期、一無所知的新發現。

絕大部分改變世界的新發現、造福人群的新發明都是來自於偶發力，不過偶發力與運氣不同，與凌虛而降的靈感也不同。訓練偶發力的方法，一是增加邂逅新鮮事物的機率；另一是培養一雙慧眼，在眼花撩亂的眾多事物中，必須能在第一時間洞察出獨特的訊息。偶發力的天敵來自過度目標導向，過於清楚的行動準則；偶發機會敲門時，必須願意放下手邊的工作走向門口，敞開大門迎接。

創意的產生往往來自於跨界交流，異花授粉。

我們為什麼要花大錢到世界知名大學就讀？那些課程在網路上也看得到，也可以自己找書來讀啊！真正的原因是進到大學裡，在課堂、在宿舍、在餐廳、在校園，可以真實接觸到許多來自不同民族、不同文化、不同領域的人才，人與人面對面交往，這種情境與氛圍最容易產生影響生命的體悟與改變。

培養創意雖有技巧與脈胳可尋，但真正的能量來自於生活態度與人生哲學，要尊重多元價值，重視過程而非結果，若是注意力聚焦在結果，就會限制了創意可能探索的方向。志凱兄也再三強調，動機決定創意最終的價值，也就是能否將動機從利己轉向利他。

動機是否良善在創業初期似乎沒有太大差異，但企業是否可大可久、是否可以持續吸引傑出人才投入，利他動機就非常重要。

對創業者來說，所追求的應該不是個人的野心，或整天掛念股票、市值有多少，而是為了在宇宙間留下痕跡的偉大夢想而努力。

換句話說，真正的創意不是搞怪、不是標新立異，而是來自於對現況的改革，也就是那股想改善世界的熱情。希望大家致力文創產業時，不只是把它當作賺錢的商機，而是重新檢視起心動念的初衷到底對或不對！

你為什麼不生氣？

我在環宇廣播電臺主持兩個節目，其中「人與土地」是訪問來自全國各鄉鎮為生活環境與土地默默努力耕耘的人；而「讓陽光灑在心上」內容比較輕鬆，談生活、談閱讀、談教養等。二〇一三年起，每個月第四週邀請東華大學須文蔚教授介紹古今中外偉大的情書，或許算是寫信藝術即將消失之前的臨別憑弔吧？

元月談到魯迅與許廣平的《兩地書》，赫然發現自詡為全中國青年導師的魯迅，在一貫尖刻辛辣的批判文章中，竟然也會寫出那麼柔軟、甚至調皮的情書，有封信中寫著：

> 對於社會的戰鬥，我是並不挺身而出的，我不勸別人犧牲什麼之類者就為此。歐戰的時候，最重「壕塹戰」，戰士伏在壕中，有時吸菸，也唱歌、打紙牌、喝酒，也在壕內開美術展覽會，但有時忽向敵人開他幾槍。中國多暗箭，挺身而出的勇士容易喪命，這種戰法是必要的罷。

朋友一吆喝，一起鬧，一湊手，再難的事也敢去動一動，一動就有機會一步步往前。（澎湖）

看著看著，想起美國無政府主義者艾瑪．古德曼 (Emma Goldman) 的一段故事。古德曼喜歡跳舞，然而在那些刻苦如清教徒般的無政府主義朋友們看來，跳舞是輕浮無聊的愚蠢行為。

他們對她說：「跳舞不是適合革命家做的事。」

古德曼回答：「如果不能跳舞，我就不要你們所謂的革命了。」

這兩句話引起我很深的感觸，幾個月前搭高鐵到高雄演講，因是平常日又是非尖峰時刻的直達車，車內乘客並不多。坐在走道另一端的年輕人朝我看了一陣子，最後鼓起勇氣過來詢問：「請問你是李偉文嗎？」然後就坐在我旁邊，請教一些問題。

他感到困惑的問題是：為什麼我可以那

麼快樂？面對臺灣那麼多不公不義的事情，那麼多令人傷心難過的環境災難——為什麼你不生氣？

我知道那位年輕人正如同許多熱血青年一樣，對於像我這樣的大人是不滿的，就像當年還在荒野保護協會擔任理事長時，在推動環境議題的緊急關頭，憤怒青年們看到我仍在寫有關藝術、音樂、生活雜感的文章，曾狠狠地批評「商女不知亡國恨，隔江猶唱後庭花」！

為什麼我不生氣？

一方面是個性關係，再加上我不擅長罵人。多年來，我一向秉持若幫得上忙，就直接去做；幫不上忙，但想得出具體可行的建議，就會想辦法把意見傳遞告知使得上力的人；若幫不上忙又想不出好方法，也不浪費自己的時間精力去批評。

即便當年站在環境運動第一線時，我也盡量不把抗議對象妖魔化，而是讓他們有機會說出想法以及顧慮到他們的立場，不會以「我們是好人，他們是壞人」斷然二分的思維造成對立；而是鼓勵對方能做出正確的事，達成彼此可以接受的協議，即便再小、再微不足道，只要在阻力最小的地方踏出一步，形成一些變化，就有機會引出下一步，然後一步步往前。

這些年來我深深體會到，企業或政府部門不是單一對象、單一思維，這些機構裡也有各種聲音、各種不同意見，我們必須鼓勵好的人與好的行為，讓那些聲音可以在他們的單位裡取得更大的影響力，變成主流意見，甚至形成新的決策，產生改變。從「碉堡內突破」的方式，不只對企業有效，對個人而言，這種從內而發的改變，才是真正的力量與真正的改變。

環境運動經過幾十年的努力，基本上已是一種普世價值，也就是人人知道、人人同意的價值觀；但這也正是環境運動所面對最大的挑戰與瓶頸：「你如何不斷告訴別人一個他早已同意的觀念呢？」

環境運動的關鍵已不在於民眾知不知道、同不同意，而是願不願意改變生活，是否願意付出代價！

環境運動真正的敵人是我們自己，是我們內心的貪婪，為了物質享受捨不得改變生活方式；是我們的懶惰，只想抄捷徑、搶短線，找最容易的路走；是我們偏狹的心，無法彎下腰傾聽大地、傾聽別人，不願更寬容、更柔軟地看待所有不同的意見。

我所信仰的社會運動是種長期的實踐過程，不是自以為有能力去改變誰、去指導誰，而是願意從自己的改變做起。

或許這是段漫長寂寞的過程，但我相信唯有這種發自每個人內心的改變力量，才是環境運動成功的機會。

我常以佛洛姆(Erich Fromm)在《人類希望》書中的一段話來警惕自己：

我們不是變得更強就是更弱，不是更聰明就是更愚蠢，不是更勇敢就是更懦弱。每一秒鐘都是做決定的時刻……每一個愛的行為、認知的行為和同情的行為，都是一種復活。每一個懶惰、貪婪和自私的行為，都是死亡。每一刻生存的時間都將復活與死亡置於我們面前，要我們選擇，而我們每一刻都給了答案。這個答案並不在於我們說的和想的是什麼，而在於我們怎麼生活、怎麼行為、怎麼行動。

佛經中常提到誓願與共業。環境議題是共業，沒有一個人可以脫離共同生活的環境而獨善其身，就算是再有錢、再富可敵國，都無法自外於這個文明、這個地球。

共業唯有以共願來化解，當每個人都願意為了共同的未來付出行動以及改變生活時，現在的危機或許就會是轉機。

櫻花鉤吻ㄍㄨㄟ是哪種龜？

當死亡只是一個統計數字，當殺人是千里之外按下一個鈕，當血腥的戰爭變成萬里之外電動遊戲般的輕鬆，我們將如何看待生命？

令人迷惑又恐懼的文明，進展成「人或許是善良的、但體制或組織卻演變成失控」的自主體；個人在龐大的體制之下，已無所謂的「良知」或「獨立意識」。

歷史上最明顯的例子是二次大戰時期的納粹。希特勒下令屠殺數以百萬計的猶太人，多少官吏及公務員一個個在公文上轉呈，有的造冊，有的安排運送的火車時刻表，沒有人對自己的所做所為有任何感覺，大家不過是奉公敬業的公務員；連按下毒氣室按鍵的人（宛如在千里之外按下飛彈發射鍵）也可以用「只是奉命行事，責任不在我」來自我原諒。

人在邪惡的體制裡，做著邪惡之事，卻可以原諒自己，下班回家後仍如慈父慈母一樣疼自己的孩子，優雅地聽華格納的古典音樂。

不要以為納粹或大陸文化大革命是歷史上的特例，現今在世界上的每個角落，只要有組織，人在系統之內，就有可能出現這種狀況。約翰．羅賓斯(John Robbins)在《新世紀飲食》與《還我健康》兩本巨著裡，詳實地暴露出現代醫療體制下的種種邪惡。長久以來，我一直對組織異質化懷有恐懼，面對荒野保護協會，一方面發展組織、建構組織，一方面戒慎恐懼地觀察著它。

薩依德(Edward W. Said)是舉世聞名的文學與文化批評家，阿拉伯裔美國人，出生於耶路撒冷，他的著作試圖描述二個陣營在現代的關係，一邊是伊斯蘭教、阿拉伯人與東方的世界，另一邊是以美國為首的西方世界。《遮蔽的伊斯蘭》是最平易近人的一部作品，探討民眾日常生活中，在各種媒體所接觸到的訊息，同時分析背後的生產者與傳播者的動機；以及感嘆民眾長期在各種偏頗或別有用心的體制建構下，逐漸對各種訊息視為理所當然，失去了對資訊傳播與產生的動機、過程、效應等該給予的反思與批判。

令人憂心的是，多少人在對事實完全不清楚的狀況下判斷，甚至為之生、為之死。薩依德沉重地指出：「**任何信仰、神明與抽象理念都不能為濫殺無辜辯護，尤其是當一小撮人主導此類行動，他們自認代表某種信念，其實根本不然。**」這種說法既適用於中東，也適用於美國；既通用於伊斯蘭教的基本教義派，也通用於猶太教和基督教的基本教義派。

或許先擱下所謂東西方或伊斯蘭教與基督教兩大文明數百年來的誤解與對立，再加上以色列、巴勒斯坦的中東問題，薩依德書中引我深思的是媒體問題。

ＣＢＳ主播曾說：「任何採訪或敘述都必須在九秒之內講完。」由於媒體及通訊科技的發達，live現場直播，需要更多刺激的圖像畫面，政治、公共議題都「演藝娛樂化」了，不夠腥、不夠羶，觀眾的遙控器就轉臺了，因此一切事件、一切言論，只重視鏡頭拍攝的一剎那，只求可以吸引目光，可以獲得掌聲，不管政客說的話是否自我矛盾、前言不搭後語、毫無邏輯……全都無所謂；因此不確定的空話日益盛行，口號式、貼標籤式的言論與行為，才能上得了新聞版面。如此趨勢的媒體發展之下，如何期望能進行公共議題的探討？如何表達出許多複雜且多元的推論？

這種因技術進步架構出的影像體系，再加上轉臺便利及多頻道的惡性競爭，像嗎啡一樣，媒體使群眾愈來愈習慣刺激的畫面或言語，每個人不知不覺中變得嗜血，享受偷窺及亢奮的樂趣，對於公共議題及錯綜複雜的思考卻沒有能力去探討。

除了結構性問題之外，加上政客有心操控，商業或利益集團的壟斷，若是記者不認真、水準不夠，或道德感、敬業精神不足，我們會發現儘管接觸到數不清的片段訊息，從中卻找不到任何意義，正如有位文化評論者所說：「我們的思想自由愈來愈增加，卻已沒有了思想。」

從中東情勢到美國反恐行動，到所謂兩個文明的對峙，同時令人深深憂心臺灣的媒體現況。薩伊德批評兩方媒體的偏頗、誤導，臺灣媒體不僅兩者都有，甚至有過之而無不及，記者

習於以二分法來簡化，非友即敵、非黑即白，造成整個社會淺薄化、單一化。（以色列）

普遍不夠專業、不夠敬業，民眾識讀資訊能力不足，再加上政治無所不用其極的挑撥，習於以二分法來簡化事情，用族群對立來獲取利益，不看事實是非，只問立場，這種非友即敵、非白即黑、非此即彼，造成整個社會的淺薄化、單一化，媒體實在難辭其咎。

我們彷彿身處於一個弱智的社會。有電視臺主播曾問：「櫻花鉤吻鮭是哪一種烏龜？」電臺當家主播也曾說出：「這件慘絕人寰的分屍案有他殺嫌疑。」記者打扮得漂漂亮亮在SNG轉播中問稚齡的孩子：「你媽媽死掉了，你感覺怎樣？」

捷克作家、前總統哈維爾(Vaclav Havel)擔心地說：「**現在媒體時代的體制裡，群眾很容易被政治操控，社會有集體白癡與同質化的可能。**」（看來我說的弱智，還算是保守了）。

怎麼辦？

要有多少的自省，才能批判既有的成見？要去除簡化的是非思維方式，尊重問題的複雜性，需要下多少工夫的努力，才有足夠的知識判斷呢？

克里希納穆提(Jiddu Krishnamurti)說：「**當你發現自己在寬恕別人時，已經有罪了；當你刻意去愛，你的愛就是一種暴力。**」擁有權力者以傲慢的態度去主持正義，以種族優越（所謂「白種人的負擔」）的觀念去維護和平，而非真正用心瞭解造成衝突的原由，或努力進入所謂恐怖分子的心靈，避免類似悲劇再發生。傲慢的寬容解決不了問題，歷史一再告訴我們，報復只會帶來無止盡的報復。

薩依德在九一一事件發生後說：「確保此事不在『此地』發生，唯一之道就是避免它在『任何其他地方』發生。」世界上已沒有任何地方或國家的區分，大家必須唇齒相依，休戚與共。古印度經典裡說：「別人其實就是自己，一切愛的祕密，盡在其中。」

有多少人能真正體會到，所付給別人生命中的事物，都會回到自己的生命中來？思索著世界的局勢與環境的變化，願以張曉風老師的話，虔誠祝禱：

願有翅的讓他能飛
有腳的讓他行走
凡有生命的讓他自由
讓一切失去的重新回來
讓生命遂成其為生命應有的尊嚴
願鳶飛，願魚躍
願人和人之間祥和無爭。

— 態度

我知道人會軟弱、人有局限，禪宗故事甚至說，原來追求「無欲」本身就是最大的欲望！

檢討自己、對抗自己，是一件多難的事啊！

西班牙內戰時，長槍黨領袖面對群眾激昂演講時，總不住在心中自問：「我說的是對的嗎？我自己真的相信嗎？」

佛家有句偈語：「對已成之事實，須看破放下，順因緣觀，不起追悔；對當前事物，宜惜取因緣，掘發可造性，積極耕種。」說得白話一點，對於已發生的事要放過，懊悔無濟於事，執著只會徒添焦躁，何不積極面對未來，思考以當下的條件，還能做些什麼。

四十幾年來，我始終是以這樣的角度來看事情，因為事情發生，重要的不是外界對它的認定，而是我們對它的態度。

演化的力量

很多人看到成群飛翔的鳥或是結隊優游的魚時，都會以為牠們之中一定有個領袖；或者觀察蜜蜂或螞蟻營建出令人嘆為觀止的窠穴，以為牠們有多複雜精密的頭腦或是指揮若定的蜂王、蟻王，事實卻不是我們所想像的。

就像演奏會結束時，數千觀眾會齊一地鼓掌；數萬人聚集的球場上，觀眾很有默契的同聲加油或波浪狀起舞，其實沒人指揮或調整。朋友聚會到尾聲或座談會結束，大家寒暄聊天時，若只有少數人立刻離開，大家通常不會注意到；但某個比例的人群起身離去後，剩下的人會突然「一哄而散」，迅速離開。

這些看似複雜或似乎有人指揮的行為，其實是依據非常簡單的想法，然後在環境隨機變動中自然形成。為什麼會那麼一致？因為生物都有回饋及修正的系統。

自然界中複雜或簡單的系統，可以用海星與蜘蛛這兩種生物來比喻。

海星是種如蚯蚓般奇怪的生物，假如切掉海星一隻腳，牠會重新長出來；但最神奇的是那隻被切掉的腳，居然會再長成另一隻海星。

海星沒有所謂的大腦，牠只有一些簡單的神經網路，就像網路上無數獨立、自主，卻有連繫的小社群。這種社群是個分散、沒有領導者、沒有上下階層的組織，以傳統理論來看，這種混亂的結構是企業致命的弱點，但在新時代，沒有嚴謹的組織及領導者，也許反而是種資產，變成力量與優勢的來源。

傳統企業與政府組織則像一隻

生物看似複雜或有領袖指揮的行為，其實只是依據簡單的想法，在環境變動中自然形成。（金門）

蜘蛛（海星與蜘蛛外形有點相似，但腳的數目不一樣），若把蜘蛛的頭切掉，牠就死了。

我們可以觀察到在全球化時代裡，企業新的組織管理模式與發展典範正在形成，藉由網路平臺所形成新的社群組織，正以一種有如海星般、全新的「分散式」形態，顛覆了舊有人為規範的秩序，改變了遊戲規則，即將使產業與社會產生革命性轉變。也有愈來愈多傳統組織開始採用分散式組織的策略，讓各部門有更多獨立自主權。

這種分散式組織能發揮效果，還是有些條件的。首先，沒有權威領導者、沒有階級、沒有從上而下訂定的一堆規則，但是彼此有共同認同的規範、有共同相信的價值觀與理想（正好是公益團體存在的要件），雖然沒有指揮者，但需要有催化者建立平臺，並維持平臺的健全發展。

這種分散式組織的概念與電腦程式設計中的平行序列方程式頗為類似，在克萊頓（Michael Crichton）的《奈米獵殺》這部小說中，曾有詳細說明。

所謂「分散式處理」意指將工作目標劃分成幾個不同的處理器去執行，或是交由電腦的虛擬代理人網路去完成。

進行的方式有幾種，其一是創造一群功能簡單的代理人，共同工作以完成一個目標，比如螞蟻等昆蟲的動作簡單，但數量龐大，同心協力可完成許多難以想像的任務。

另一種方法是模仿生物神經網路系統，結果發現，即使是最簡單的神經網路（如海星、蚯蚓或者其他生物的群集行為）都有意想不到的威力。

第三種是在電腦中創造一個虛擬基因，讓它在虛擬世界中演化，直到達成目標為止。

以電腦程式而言，這個概念是人工智慧的大革新，以前我們總是努力想寫出可以涵蓋所有情況的處理規則（人類社會中，因此發展成多如牛毛的法律規範，但規定愈多，漏洞也愈多），後來卻發現非常困難，無論如何努力，電腦總是有錯誤，於是加入新規則避免重犯錯誤，結果錯誤愈多、規則就愈多，最後程式因變得太龐大而無法運轉。一如社會上太多防弊的規定只對守法的好人造成困擾，而有心鑽漏洞的壞人仍能逍遙法外。

因此，以規則為導向的人工智慧終究是失敗的，後來以這種分散式處理自行演化的虛擬代理人方式（以企管語言來說，即規範不是由上而下傳遞，而是由下而上發展），程式設計者只在最低的結構層次界定個別代理人的行為，而不去界定系統本身的行為，系統的行為變成由較低階每個單位數不清的互動結果來產生。

以公益團體而言，我過去曾以不同角度寫過很多次、一再強調塑造組織文化（共同價值觀）的重要性，這些基本的價值與典範界定了最基礎結構的行為，至於其他各群組的互動與發展，則不由上而下的規範所主導了。

我常用「演化」來形容這過程，此處的演化不是「弱肉強食、適者生存」的原始概念，而是著重在個體、群組之間不斷互動、適應與學習。

我們生長在不斷演化的時代，而且現代的演化相較於地球過去五十億年的歷程，是個速度快得不得了的階段（過去漫長時間可說是打基礎，完成必要的條件，一旦條件俱足，後面的進展就非常快），我也發現，人們很少用演化的角度來看待事情的發展、思考組織的成長；往往把生活周遭的世界看成一張相片，固定不動，其實它是一部電影，不斷在改變。

簡單地說，所謂演化就是會從別人對我們的反應中學習，並改變我們的行為；同時，我們的改變也會影響別人，當個體數量一多，這種互動與回饋就是演化的動力。

演化是改變世界的力量。公益團體發展若能善用演化的模式，即可以最小的力氣達到組織的目標。

組織人變身自由人

很奇怪，這幾年經常在臺灣高鐵站遇到多年不見的老朋友，也許是我搭乘的次數實在太多了。自從有了高鐵，要到桃園以南的地方，我就不自己開車了，不管是南下開會、參加活動或演講，都是搭乘高鐵，最高紀錄曾一星期之內，來來回回搭了八趟。

在月臺進出交錯之間，或是在高鐵站大廳裡，遇到老朋友，總會停下來彼此問候一聲，交換一下近況。我最常被問到的問題是：「怎麼最近很少在荒野的活動裡見到你？」或是「還在忙著荒野的事情嗎？」

這些簡單的問題或許沒有明確的答案。前者大概是指比較少在荒野的大型活動或內部會議中看到我，這的確是事實。

一九九四年，我在診所裡籌備荒野保護協會，一九九五年協會正式成立，然後擔任了二屆六年祕書長，二屆六年理事長，在二〇〇七年卸任；整整十三年，我沒有缺席過任何一次該出現的活動或會議，平均每個月至少二十多個行程的頻率持續了十二年。說實話，當初這麼努力、積極塑造組織文化或建立制度，不就是希望一旦組織不再需要我時，也可以運作得很好嗎？

我當然不是不再管荒野的事，只要是志工培訓或核心幹部會議邀請，我一定會出席；卸任後，平均一年二十多個場次，也不能算少。

這二十年來，荒野豐富了我的生命，我很感激與荒野同行的日子，與夥伴們一起為保護環境所做的努力，不管是開懷大笑，或是滴下辛勞的汗水，或是流下感動、悲憤的眼淚，這些記憶全都是滋養生命的活水源頭。

前二年將近五十歲時，我曾許下一個心願，盼望從組織人蛻變成自由人。

回顧前半生，從學生時代開始到目前為止，一直是個組織人，雖然不是在營利機構中謀生；但三十多年來，參與過不計其數的社團，始終是最核心的重要幹部，不管白天或黑夜，腦袋中想的都是如何達成組織願景與目標、如何發展組織，每天東奔西跑都是忙著處理人的問題，講好聽是搭舞臺讓別人發揮，實際上就是行政工作，時間都耗在會議、溝通協調、官方拜會、接待來賓、上臺致詞……雖然這些事也很重要，但是做久了卻感覺有些空虛，很想真正捲起袖子，讓自己做點實際的事情。

我的新年新希望是從組織人恢復成不掛組織頭銜的自由人，若是因為頭銜而邀約參與的事務或活動，一概婉拒，多出來的時間將分配來重拾自己的興趣，實實在在動手做點事。

我一直是個愛玩的人，不喜歡賺錢，也不太以成就為取向，從來不相信也不在乎成大功、立大業之類的事，但是我喜歡朋友、喜歡與朋友一起為了理想奮鬥那種肝膽相照的感覺。我也是個貪心的人，「這人世的一切我都希求」，好多東西都想接觸、都想學、都想看，就像有首歌詞中所唱的「快樂啊！憂傷啊！是我的擔子我都想承受」。

在人生的下半場，我要將腳步慢下來，常常提醒自己，形體可以忙，做事可以有效率，但是心境一定要悠閒、要細緻、要有餘裕。

深怕許多感動因歲月奔忙而遺忘，許多純真因匆促趕路而丟失。當然，在這樣的生活中，是少不了朋友相伴的，就像李佩菁早年唱的歌曲：「我願好友都能常常相聚首，對著明月山川相問候……」

我相信真正的智慧自從容中產生，若是整日忙來忙去、行色匆匆，怎麼能創造真正源自生命的奇蹟？

幾十年來，「一生玩不夠」成了我的座右銘，我所講的一生玩不夠的「玩」，是指人生應該致力於做個「大玩家」，一般人玩電動、玩股票、玩政治、玩名利，都是小玩，唯有玩山水，遊於經、史、子、集，感於泰山之矗立，嘆於流水之不捨、大自然之奧祕，才稱得上是真正的大玩家。

生命要活得豐富精采，所謂精采不是指要賺得萬貫家財，或是功成名就，而是擁有不後悔

人生下半場，我要將腳步慢下來，形體可以忙，但是心境要悠閒、要有餘裕。（澳洲）

的人生，一種淋漓揮灑、全然展現的生命型態。

一生走到盡頭，能留下的只有回憶。我發現真正的回憶來自對人事物的熱情，雖然這樣的熱情在外人眼中可能被認為愚蠢。多數人們往往自詡為聰明的旁觀者，但是他們似乎都忘記了，只有奮力投身進入生命中，好好大玩一場，才不枉此生！

生命自會延續

三十多年來，《愛，生活與學習》這本書暢銷全世界，作者李奧．巴斯卡力 (Leo Buscaglia) 教授另一本著作《一片葉子落下來》，十多年前曾發行過，最近出版社邀我重新翻譯，再度出版。

這本繪本是為了經歷過生離死別的孩子，以及不知如何與孩子解釋生死的大人而寫的；透過大樹上歷經春夏秋冬的一片葉子與其他葉子的對話，探索生命的存在與死亡的意義。

年輕的葉子佛瑞迪擔憂地說：「我好害怕死亡喔！不知道下面有什麼？」

較年長有智慧的葉子丹尼爾安慰他：「任何人都會對不知道的事物感到害怕，這很正常。可是，當夏天變成秋天時，你不會覺得害怕，因為是自然的變化，那為什麼要害怕叫做死亡的季節呢？」

的確，個體會死亡，但生命永遠持續著，我們都是生命的一部分。我很喜歡中國盤古開天的傳說，據說創造天地萬物的始祖盤古死去後，肌肉化為大地，骨骼成為山脈，汗水化作河川，髮鬚植杖成叢林，左眼成日，右眼成月，呼吸成了天上的風雲……

從現代科學「質能不滅」的定律來看，萬物的生或死，不過是組成原子的重新排列而已！千千萬萬年以來，同樣的原子在地球不斷循環重組，我們這一剎那呼吸的氧氣可能是李白呼吸過的，組成我們血肉的碳原子也許是來自於亞歷山大大帝的軀體。質能不滅，隨緣重組，每個生命都是由因緣與物質形成的，不會無中生有，當然也不會消失，我們的每一部分將變化為宇宙的某一部分，然後再度變化成另一部分，以至於無窮。

此即莊子所說「**天地與我並生，萬物與我合一**」的意思，只可惜隨著文明演化，人類習慣於以主宰者勢態操控世界，逐漸忘掉了眾生平等、生命循環不息的道理；一旦發現科技再進步，我們的肉體仍會變老、衰敗，因此產生了惶惑不安的情緒，這是人類與自然生命疏離才會有的恐懼。

從古至今，與荒野大地始終保持接觸的原住民部落，從與自然共處中發現，個別的生命雖有生、老、病、死，但生命永遠不會消失；大自然除了生生相續的生命力之外，還有一種韻律，就是春夏秋冬、月圓月缺、花開花落的循環，這種體會可以使我們安心地面對死亡。

法鼓山近年來提倡的環保自然葬法，主張將骨灰放在花草土地間，除了讓肉體回歸大地，這個墓園也是萬物欣欣向榮的美好福地，死亡從此不再是陰森幽暗、令人恐懼的事情，而是

與天地合而為一的自在，這個觀點正好是《一片葉子落下來》故事想傳達的心意，值得大人以及孩子一起欣賞與思考。

個體會死亡，但生命永遠持續著，我們都是生命的一部分。（臺南）

當時年少——春衫薄

每次和朋友揮手告別，每次轉身離去，心裡總會浮現禪宗六祖慧能所講：「此心本淨，無可取捨，各自努力，隨緣好去。」

太瞭解因緣的流轉，而將每次會面與分別，都當作生命中絕無僅有的唯一相會。

生命中許多時刻，我們是無能為力的。

永遠，只是一種虛幻的渴望。生命如同辛波絲卡(Wislawa Szymborska)的詩：

他們彼此相信是瞬間迸發的熱情讓他們相遇，

這樣的確定是美麗的，但變幻無常更為美麗。

瞭解到每次相遇也許就是彼此生命中唯一的錯身，就漸漸沒有了遺憾。不是因為獲得更多，而是懂得了放棄，懂得了不強求，也懂得每次因緣，都是生命中美麗的流轉。

容忍模糊的智慧

記得孩子讀小學與國中的時候，常常會拿古典詩詞問我該如何翻成白話文、是什麼意思，我發現一首非常美的詩，若用白話說出來，往往就變得單調平凡，詩中蘊涵的意境，就消失無蹤了。

原來人類感覺層次細微之處就在於具有模糊的空間，容許每個人各自詮釋與想像，太過精確，即喪失了美的可能性。

人類大腦在演化過程裡，為了在危機四伏、野獸環伺的世界裡存活下來，必須經常迅速做出反應來應付緊急狀況，因此我們的腦袋通常只求很快找出一個堪用即可的答案，而不會浪費太多精力與資源來思考周密完整的答案。

換句話說，經過演化的大腦不但喜歡抄捷徑，而且還會預先設定很多立場，為了方便，我們本能地會將事件歸類，並以自我為中心去合理化與解釋。

這種不精確、不理性，又很能容忍模糊與矛盾的大

人類感覺細微處在於有模糊空間，容許各自詮釋與想像，太過精確，即喪失了美的可能性。（以色列）

腦，幫助我們活了下來，但在愈來愈複雜的時代，也形成許多認知的盲點與族群的對立與爭端。

為什麼許多創作出偉大文學作品的作家都討厭數學，根本原因就在於兩者的大腦運作邏輯不一樣。數學語言的基本邏輯是二分法，答案不是對就是錯，而且遵循著「若A則B，A成立，則B成立」，一個概念從另一個概念推論出來，每個步驟必須非常精確，沒有任何模糊的空間。

因此，科學技術極力想研發的人工智慧，就敗在無法像人類大腦能夠輕鬆且本能地處理不確定性和模糊。微軟的共同創辦人保羅·艾倫 (Paul Gardner Allen) 近年投入人工智慧的研發，他曾表示，人工智慧最大挑戰是無法複製人類閱讀、理解內容與回答相關問題的行為。

因為同樣一件事情會有很多不同的表達方法，每句話中就會呈現許多不同的意義。人類可以在頭腦中毫不費力地進行各種心理模擬，可以主動忽略某些元素；並且這種模擬可以雙向進行，既可以「向後」預測事情的發展，也可以「向前」推斷可能的原因。換句話說，人類可以容許推論過程的模糊、不確定，甚至空白；也可以給自己一個雖然沒有達到完全的合理與精確，但是尚且堪用的結論。這是人工智慧所達不到的，因為機器運作靠數學邏輯，只要有任何環節模糊或空白，幾乎就無法繼續計算下去。

更特別的是，人類面對日常生活所需的知識大多是不確定的、模糊的、近似的，卻自然而然能夠很快做出結論，並採取行動。就像日常的俚語、俗諺及經驗法則，許多都是矛盾的，或者不周密、不合邏輯的，但還是能從其中找到許多有用的指引。這種常識性資訊在人類大腦的推理中，有非常高且因人而異的選擇彈性，對機器邏輯的人工智慧來說，就是個不可能的任務了。

不過話又說回來，人類大腦這種不求精確或走捷徑的偷懶方式，在愈來愈複雜的世界裡，也逐漸出現許多麻煩。

我們總是相信能夠看清楚眼前的事物，能夠正確記得過去發生的重大事件，或者認為自己有理性能夠判斷事情的因果關係，其實這些直覺的信念常是錯誤的，也可能讓有心人得以利用這些盲點來獲取他們的利益。比如在每個人身上都很容易發生「從眾現象」，在特定的情境下會感受到團體的壓力，而放棄自己的意見，表現出符合團體的意見或行為。

有個非常知名的心理學實驗。

受測者進入一間房間，房間內陸續進入幾位同樣要接受測驗的人（這些人其實是事先安排的演員，而受測者不知情），研究人員會提出一些問題，比如詢問黑板的三條直線哪一條與新出現的第四條線一樣長，這三條線的長短有很明顯的差異，不用任何量尺或工具，即可輕易用目測判斷出正確答案；但當那些演員不約而同地提出同樣的錯誤答案時，奇怪的事情發生了，受測者不僅沒有立即選擇簡單又明顯的正確答案，反而開始對自己產生懷疑，最後決定跟著大家選了錯的答案。

這個實驗找了許多人進行很多次，大約有百分之八十的人會放棄自己的想法，跟著團體的意見走，即便他認為自己的想法可能是對的。

這種行為模式或許來自於演化，任何群居的物種只要與眾不同，就有可能會先被獵捕；而群居的動物若被團體排擠，是很難獨自存活的。人是群居的動物，基於死亡的恐懼或求生存的欲望，因此害怕和別人不一樣、怕被排擠。當然，也有可能只是認為和別人不一樣會被人懷疑我們的智商、品味或能力，怕被別人取笑；也有可能是我們覺得提出不一樣的意見太麻煩了，怕打亂事情的進度或懶得解釋那個與別人不一樣的意見……反正，不管什麼原因，要保持特立獨行、與眾不同，是很不容易的。

我們的思考有二個非常不同的工作系統，一個是合乎邏輯，但是必須付出心力，並且運算速度緩慢；另一個是來自古老的本能系統，靠直覺，速度快，憑印象來處理與決斷。懂得如何有意識地看清決策背後的邏輯，才會有比較理性的選擇。

青年逐夢與築夢

三十多年前，吳靜吉教授寫了《青年的四個大夢》一書，成了整個時代年輕人生命追尋的重要指引。不過時代變遷迅速，今天年輕人面對的挑戰與人生的徬徨，當然也與三十年前大不相同，清華大學彭明輝教授寫了一本《生命是長期而持續的累積——彭明輝談困境與抉擇》，希望當代年輕人在困惑與壓力之下，對人生有比較全面的思考，進而能夠正確的築夢，並有信心的逐夢。

這個稍長的書名類似學術論文定題的習慣，清楚明白地點出核心訴求：「生命是長期而持續的努力」。太多學生即將畢業或初入社會之際，面對不同的選擇時，顯得非常焦慮。彭教授提醒大家，人生絕不會因單一事件而毀壞，當然也不可能因單一事件而獲救，我們該得到的，遲早會得到；不該得到的，即使僥倖巧取，也不可能長久保有；許多人生重大抉擇或困境，不必太過耿耿於懷，因為「生命是長期而持續的累積」。

生命是長期而持續的累積，視野應該更開闊，才有機會發現夢想的新世界。
（馬來西亞）

我的人生觀正如同彭教授所主張的。大學時代，我的筆記本扉頁寫了一句話提醒自己：「**大多數人高估一年可以做到的，卻低估了十年可以做到的。**」

我們容易在某個情境中被激勵之後，振奮地立下大志，訂定各種半年內或一年內要完成的計畫，只可惜過不了多久，即因怠惰或不可控制的因素導致那些偉大目標無法如期達成；在灰心之餘，往往半途捨棄了最初的志向。我們忘記了只要持續做下去，每天做一點，堅持不放棄，累積五年、十年、十五年，成果一定會讓我們感到驚訝。換句話說，我們太急功近利，想立刻看到結果，卻忽略了累積的力量。

面對抉擇或困境時，不見得是我們不知道想做什麼，或不願意做長期投資，而是周遭有太多意見、太多閒言閒語，還有來自親朋好友的期待；如何有勇氣對抗別人的期待，恐怕是我們一輩子都得不斷提醒自己的課題。雖然每個人都知道人生要靠自己負責，人生幸不幸福也只有自己能決定，可是要真正做到不與他人比較，完全靠自己來肯定，的確也不是件容易的事。

在演化過程中，群居動物若在群體中顯現出不同，通常是最先遭到獵捕的對象；若被其他同伴排擠，也很不容易存活。即使在多元化文明社會中，要對抗周遭群體的共同價值觀，還是要有很大的勇氣；不過隨著時代轉變，我們要有信心，相信自己確實可以和其他人不一樣。不要太在乎一時的成敗得失，生命是長期而持續的累積。

大學時代很喜歡玩撲克牌的拱豬遊戲，大家總是盡量不去吃代表負分的紅心，一有機會就丟出代表負一百分的豬，而想盡辦法抓住代表正一百分的幸運羊。可是遊戲有個特殊規則：當某個人把代表負分的紅心全吃下來後，當場會豬羊變色，原來負分的豬變正分，正分的羊變負分，紅心全成了正分，最後計分輸最多的人要負責去買宵夜，當時我總覺得正負反轉是個隱喻。

真實人生中，往往也是如此，總是盼望有不勞而獲的運氣，可以輕輕鬆鬆過日子；我卻深深體會到，只有悲傷的豬與喜悅的羊同時存在，才是圓滿的人生。我也相信生命歷程裡，往往會「豬羊變色」，原以為是困苦倒楣的遭遇，其實是上天給予的祝福；而錢多事少離家近、千載難逢的好工作，卻可能是悲慘境遇的源頭。

不要太早論斷自己，更不要給自己設限，永遠不要放棄尋找可以發揮、學習的機會。

我們必須瞭解現今已進入人類從未經歷過的新時代；也必須承認全世界的高失業率不是哪個特定政府的無能所造成的，或是哪個單一地區特殊的狀況；也要務實地看清楚，過去某些工作機會再也回不來了，至少不能夢幻地期待掌握權力與資源的「大人」能提供工作給年輕人，許多行業不見了、許多工作型態徹底改變了，以往所能理解與想像的工作職缺，正逐漸隨著時代變遷而蒸發了。

舊時代裡，學歷很重要，知識很重要，畢業於明星大學的優勢，足以讓職業生涯一輩子平安順遂；只要循規蹈矩，考上好學校，獲得好證照，只要夠聰明、有能力，就可以獲得高薪的工作；當時學校的任務也是確保學生畢業後能具備一定的知識與技術，以便立刻到公司或工廠上班，即使不太喜歡那份工作，也可以繼續安穩地待在職位上。

然而在前所未見的新時代裡，一切說得出標準作業流程的工作都不再無可取代，可以外包到薪資便宜的地區或國家；而且因通訊與自動化科技的進步，辛苦學習所擁有的知識或技術也愈來愈不值錢了。即使擁有傑出的學位經歷，在全球化浪潮之下，愈來愈多人才爭相競逐著愈來愈少的好工作，僅憑知識的優勢也愈來愈不足以立於不敗之地。

我們已進入「一百分失敗者」時代，被淘汰、喪失工作，不是因為做錯事情或不夠優秀、不夠努力。在一切都不確定的時代裡，唯有找到生命真正的熱情，依循著熱情往前走，才有可能不斷學習、不斷努力，即便遭遇失敗，依舊能鼓起勇氣往前邁進。

現下高學歷人才過剩，你有好學位，別人也有；你很優秀，別人也一樣，唯有找到熱情之所在，樂在其中地投入每一分努力、每一分時間，以及滴下無數的汗水，才能做到真正的傑出。

傳統工作消失或低薪化也許是個危機，從另個角度來看，新時代是個全球化、無疆界、高獲利、既環保又慈善的新經濟型態，因此勢必定會創造出嶄新的工作、新的生活方式，以及新的成功機會。

做自己真正喜歡做的事情時，遭遇到挫折與失敗就不再是打擊信心的致命傷，而會被視為學習的必然歷程，兩種不同的心態所形成的差異是非常大的。安穩不變的工作已不復存在，唯有憑藉熱情，才能以長期的累積，產生真正的貢獻。

因為年輕，不必害怕失去什麼，犯錯的成本相對較低，為什麼不鼓起勇氣去闖一闖呢？不要只想著求職這件事情，而是應該想清楚自己想過什麼樣的人生，自己想為社會做些什麼事。

也不必因為比別人慢「成功」一年、二年，就感到沮喪失志，除了什麼是「成功」值得釐清之外，到底多久是長期、多久是短期，我想，不要斤斤計較或比較，只要一直走在真正想走的道路上，每天學到一些新東西，成功與否或時間長短根本不是問題。

我自己對時間的長短，隨著心境不同，往往有矛盾的看法。有時候覺得人生太長，必須找個可以魂牽夢縈的理想來獻身；有時候又覺得人生太短，必須把握時時刻刻，以活出生命的精采。

只要堅持不放棄，時間累積的成果，一定會讓我們感到驚訝。（澎湖）

時間隨想

時代的變遷令人困惑，有位廣告人曾感慨：「這是個還沒流行就已過時的年代。」的確，全新的產品若在研發或生產線上耽擱了幾個月，甚至還沒上市就慘遭淘汰的命運。

多長的時間算長？多短的時間算短？

前幾天在高鐵站遇見老同學，停步聊了一下，談到共同認識的某位老朋友，我說：「不久前才遇到他。」後來想想，這個「不久前」，其實已是兩、三年前了。

想起十多年前，荒野保護協會花蓮分會剛成立沒多久，有次暑假過後辦活動，我們一群來自臺北的志工幹部就睡在分會館舍的木板教室。

晚上大夥兒出門去找宵夜吃，有位可愛的小女生蹦蹦跳跳地帶路，不管看到什麼都很興奮，一臉久別重逢的表情。我忍不住問她到底離開花蓮多久了，原來她那一年大學畢業才剛離開花蓮，想不到二個月對她已是好久不見；可是對我而言，兩、三年前是不久。的確，對時間的感受是因人而異的。

到底多快算快？多慢算慢？

在開刀房流傳一句名言：「**你只有三分鐘時間，所以要慢慢來！**」靜下心才能改變對時間的感受，甚至改變時間的流速。就像在棒球場上，以時速一百多公里投出的球，對平常人來說，根本看不清球的移動，但在經過訓練又專注的選手眼中，那顆球是巨大又緩慢地飄在半空中。

心理學上所謂的顛峰經驗或高潮經驗，在那神奇的時刻，通常會伴隨著時間感消失，也許在真實世界已過了二、三小時，卻覺得是一瞬間的事；當然更有可能是在物我兩忘的狀態中，過了彷彿像一輩子的漫長時間，在別人眼中卻只是恍神了幾秒鐘。

這種顛峰經驗在忙碌的時代，愈來愈難遇到了，因為永無止盡的訊息與不斷迎面而來的事物，將我們的心靈切割得細瑣破碎，很難專心花時間在同一件事情上。

如同《小王子》裡提到：「**你為你的玫瑰所花費的時間，使你的玫瑰花變得重要。**」太快完成一件事，那件事情在我們心中就沒那麼重要了；連感情都追求速成，許多珍貴與美好的感受也因此流失而不復存在了。

許多人面對太過紛亂的生活節奏時，想到的解決方案是時間管理，可是時間其實無法管理，因為時間不是我們的；時間也不能「節省」，因為無法把沒用完的時間存下來。我們只能認真活在當下，在每個瞬間迎向每個機緣，或透過分享促成每個因緣的發生。

年輕時看德國兒童文學家邁可．安迪(Michael Ende)所寫的《默默》（或譯為《夢夢公主》），故事中有個專偷時間的賊，他鼓勵每個人盡量節省時間，於是大家開始追求效率，生活愈來愈忙碌；奇怪的是，不管人們省下多少時間，卻總是沒空，那些省下來的時間居然都神祕地消失了，在節省時間的過程裡，每個人的生活卻變得愈來愈貧乏、空白而單調。

當年這個童話故事一直提醒著我，時間的意義在於運用，而不是為了讓人節省而存在的。其實時間就是生命，生命停駐在人們心中，人們省得愈多，失去的也愈多。

是的，我們只有這一生，所以要慢慢來！

風景，常常是一種心情的映射，我喜歡歲月和風霜的感覺。（中國長城）

漫步，感覺如一片樹葉，假想知道會在任何一秒落下，
並決定在自己的時間裡如何面對。（紐約）

精衛鳥一
的幸福

古代傳說中的精衛鳥，一次又一次銜著小石頭填補波濤洶湧的大海。做為一隻鳥，牠是幸福的，因為牠相信自己做的事情是十分重要的，甚至相信銜石填海有一天可以達成。

姑且不論是否可以達到世俗所謂的成功，但生命因實踐的勇氣而活得精采，卻是真實而值得的。

面對複雜且龐大的全球體系，每個人似乎是汪洋裡的一滴水，顯得如此渺小，可是整個海洋不就是這些微不足道的水滴所集合起來的嗎？每滴水都有它的責任，每滴水的貢獻都有存在的意義。

鄭和啟示錄

前些年，全世界興起了一股「鄭和熱」，許多國際電子媒體以及國際刊物都以大篇幅或專題方式報導。在各種歷史考證下，世界各國重新發現了鄭和這號人物，更訝異在六百年前的中國，居然曾擁有過強大的艦隊。反觀華人世界，數百年來，只著眼於鄭和是個太監，只知道「三寶太監下西洋」，很少有人正式討論「鄭和艦隊」能帶給我們的啟示。

鄭和的船隊由數百艘船所組成，各艘船身長達一百多公尺，有將近三萬名工作人員。六百年前，沒有現代航海科技工具的協助，率領如此龐大隊伍穿越印度洋，航行數萬公里到達非洲，是多麼不可思議的事。

哥倫布、麥哲倫等人開啟西方大航海、大發現時代，不但時間比較晚，連船隊的規模都相差十萬八千里。可是為什麼華士古．達伽瑪(Vasco da Gama)以三艘葡萄牙小船就開啟了歐洲對亞洲的殖民時代，而規模龐大數百倍的鄭和船隊卻沒有殖民歐洲、非洲？為什麼中國

為什麼曾有領先的科技及海軍，卻輸給了原本落後的歐洲？（北京）

曾有領先的科技及海軍，卻輸給了原本落後的歐洲？

仔細探究，原來當年明朝宮廷大臣的派系鬥爭中，贊成發展鄭和船隊的一派輸了，掌握政權的一派阻止所有船隊出海，拆除造船廠，將對方派系的資源與人力納入己方的勢力。

在皇位易主、大臣更迭的四十多年後，官方曾有人試著要恢復海洋貿易，可惜的是國防部長（兵部侍郎）劉大夏不僅下令禁止，更銷毀了所有航海貿易資料及技術文件等。他根據當時看到的事實做出決定，以為船隊帶回來的盡是些「檳榔、葡萄、駝鳥蛋……」等無用之物，卻耗費國家大量資源與人力，雖沒有牽涉之前的派系利益，卻因個人判斷而結束了中國對外的探索，也錯失了隨後參與現代化進步的機會。

學者研究這段歷史後認為，中國在政治上太

過中央集權，以致一個人的決定就讓所有船隊消失；而歐洲政治分裂導致「去中央化」，各小國及城邦諸侯林立，提供探險者與發明家非常多機會，若想法在這個國家找不到支持者，就到另一個城邦去尋找資源。

從這段歷史來看，頗符合現代企業管理所關注的議題：如何在大公司中保有創新精神，允許瘋狂創意有機會被實現。以非營利組織而言，在時代潮流中所面對的挑戰，不亞於企業面對的生存競爭。

「去中央化」、「透明」是非營利組織持續發展的關鍵。所謂去中央化，是避免中央集權，實際做法是採用「參與式管理」；也就是承認沒有人是天縱英明，組織的決策經由所有參與的夥伴在公平及透明的機制下逐步形成，甚至允許不同的意見有嘗試的機會。參與式管理做起來並不容易，卻是可以讓知識與文化在歷史長流中，不斷傳承與演進的方法。

法國思想家李歐塔(Jean-Francois Lyotard)是「後現代理論」的領導者，他不僅促成後現代哲學的形成與發展，而且推動了文化後現代主義的開展，他在一九七三年出版了《飄流的思想》，其中提到某些觀點很值得NGO（非政府組織）的朋友參考。

李歐塔認為，否定和批判最終還是會安於現狀，回歸主流思想（恰好描述了儒家濟世救民的矛盾：不滿現狀，提出一套理想世界的想像，從另一觀點來看，豈不是又期盼統一於某個秩序或偏執之中），以至於將所有聲音定於一尊。

所謂「飄流」就是要超越批判。飄流只是種比喻，沿著河流前進，並非要停留在岸邊，而是航向汪洋大海。因此，在社會或團體中，應該要特別鼓勵不同的聲音，讓眾聲得以喧嘩。

縱觀歷史上許多悲劇，不都是利用種種「神話」或「正義」，將所有異議消滅於無形。換句流行的話，當「政治正確」的顧慮變成潛意識的思想警察時，就表示社會的異質性正逐漸被消解。

思索著飄流思想時，除了提醒在社團組織裡要爭取不同的聲音，確保反對的意見能被尊重之外，也想到公益團體的發展，是否也該在時代演進裡飄流？換句話說，組織的核心價值與核心目標雖沒有改變，但組織對自己的定義可以不斷更新。觀念就是力量，認知上的改變，會帶來無窮的力量。

全球化時代變化飛快，創新也成了最時髦的字眼。創新有時只是用不同的眼光看舊東西，將某種舊技能賦予新定義，就能帶來全然的改變，這種改變或許是讓公益團體得以繼續發展的要素。

社會公益之樹的生長

國父孫中山先生誕辰日十一月十二日是醫師節。二〇一二年醫師節前夕，在新北市政府裡舉行了第一屆醫療公益獎頒獎典禮，獎項分四類，共有醫療貢獻獎、社會服務獎、教育研究獎以及特殊奉獻獎。

我代表得獎醫師致詞：

很榮幸也很高興能參與這場盛會，因為有機會在此與大家分享我的夢想。

這二十多年來，我總是期望每個醫療院所，尤其是廣泛分布在全臺灣每個鄉鎮地區的基層診所，都能成為守護環境、安定地方的重要力量。我們常說：「取之於社會，用之於社會。」這句話對醫療院所而言，更是如此，有些人工作賺的錢是來自於其他地區或國家，然而醫療工作人員所得的每一分收入，都是來自於我們居住當地的社區居民；我們擁有的社會地位以及獲得的一絲絲尊敬，也是來自於民眾的期望；我們的任何成就都必須根植於當地社會環境的完整與良善的發展。

因此，我們的職業生涯勢必與民眾、社區、社會息息相關，所以不能只是醫治病人的疾病，還必須看到他們的心靈，以及會造成民眾痛苦的社會環境與社會結構。

臺灣傳統民間社會總是把醫師和老師視為地方仕紳，這些地方領袖通常能夠發揮知識分子的本色，除了服務民眾之外，往往也是帶動社會進步的力量，或許正是過去民間相當尊敬醫

社會蛻變過程就像大樹生長一樣，生長點在樹枝頂端小小的區域，活力十足，變化萬千。（臺南）

醫治病人的疾病，必須看到他們的心靈，以及整體社會環境與結構。

師的原因吧！

非常可惜的，情況到了今天似乎慢慢轉變了，醫師成了民眾眼中比較容易賺錢的行業；甚至更糟糕的，變成了從民眾的痛苦或恐懼中謀取利益的職業。

今天頒發的醫療公益獎或許可以讓我們醫師回到醫療助人的初衷，進而恢復傳統的習俗，成為地方上最重要的安定與進步力量。我的夢想是每個基層醫療診所都能貢獻出自己的資源，診所有開放且固定的場址、有固定上班的助理人員、有辦公設備，剛好可以協助地方的公益團體。很多公益團體成立之初，沒有經費、沒有辦公室、沒有幫忙接電話的人員，若是診所能夠提供多餘的資源，相信對地方良善力量的匯聚是股非常大的助力。

感謝在座的前輩先進，因為各位的行動與奉獻，從過去到現在已有初步的成效，但是我們要更努力，讓這些善意可以不斷在臺灣流轉，帶動整個社會的進步。謝謝大家！

這一段話是我的真心感受，荒野保護協會從籌備到成立之初，辦公室就設在我的診所裡，成立之後的前幾年，歲末義賣賀卡與桌曆時，我特別致函給全省各地的基層醫療院所，希望他們也能將診所開放成當地的訊息交流平臺，當然也期待能在診所裡擺放荒野保護協會的活動訊息。

醫師或者在各行各業努力的人，若能在工作之餘，撥一點時間參與社會公益，對自己、對公司或對社會都有相當大的助益。

幾年前，行政院開始設立永續發展獎時，我也曾代表得獎團體致詞：

在全球競爭之下，世界上每個人都更忙碌、工作壓力更大。營利機構已不易存活，非營利機構的發展更形困難。

如何不斷因應時代，找到新的利基與定位，如何不斷拉高視野，創造新的典範，應該是大家隨時念茲在茲的。

所謂「策略轉折點」是來自企管界的用語，指企業在體察環境變動之前，該及早做好準備，轉變組織的營運重心。

向歷史或大自然學習得知，在舊時代中適應最好、最強勢的領先企業（最成功的優勢物種），環境一改變，往往調整最慢，因此最容易沒落消逝。

簡單地講，過去讓你成功的因素，極可能成為面對新環境時最大的絆腳石。

只想現在是不夠的，現在只能反映過去，然而過去的經驗並不足以應付變化快速的未來。

作夢也許不是好事，可是臺灣已擔負不起太過現實，我們眼光要放遠，看五年、十年、二十年，甚至一百年以後。

觀念說來簡單，但是要真正深植於心，進而改變行為、改變生活習慣，卻非常困難。這種社會改革需要政府、企業、學校、民間團體共同努力，並各自扮演不可或缺的角色。

民間團體可以補充政府職能不足之處，民間團體代表社會的自我組織，可以強化公民意識與公民文化，這種公民參與的實踐精神正是未來社會得以健全發展的重要基礎。

或許有人覺得民間團體的力量薄弱，遠比不上政府有強大的公權力與資源，也比不上企業以商業機制產生跨國的影響；我卻認為社會真正的進步不是來自於大計畫或偉大的論述，而是來自於民眾身體力行一點一滴具體的改變。這種小小的耕耘與行動，成果會確確實實地落地、生根、發芽，並逐漸匯聚成林。

民眾在行動的過程中，會慢慢改變自己的觀念、自己的生活方式，也會影響身邊的親朋好友，以及家庭與孩子。

社會的蛻變過程就像大樹的生長一樣，真正的生長點僅在樹枝頂端那個小小的區域，通常微小得毫不起眼，卻活力十足，變化萬千。民間團體應以社會的生長點來自我期許。大家要更努力！

是的，讓我們繼續努力！

演化樹 -

講求速度的時代，科技與資訊流通方式改變了生存條件，我們無法預測未來，因此只有充實應變能力，以及適應在混亂中前進，在模糊中下判斷的不確定感。

生物的演化一直是如此，只是時間沒這麼快速。演化不是合乎邏輯的階梯線性發展，而是類似樹枝狀的蔓生，所謂「適者生存」，不是最強壯、最有智慧或最合理的能存活下來，而是環境剛好適合，機會剛好碰上了，就會繼續生存發展。

著名的演化學家古爾德(Stephen Jay Gould)曾以「演化樹」的概念來描繪生物的演化歷程，他認為生物的演化是隨機分枝分岔的，因此會發生走上歧路發展不下去而滅絕的情況。

可以說，自然的生命演進從來不會是單純的、完美的、有秩序的，反而是充滿了新的嘗試與失敗、複雜與艱辛，一如古爾德的形容：「生命真是充滿了想像力和真真實實的壯麗！」

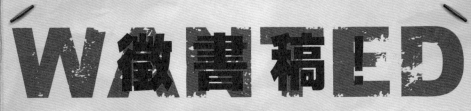

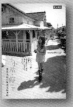

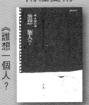

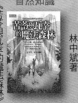

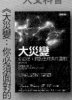

VIEW系列010

您撥的電話未開機！

作　　者—李偉文
主　　編—顏少鵬
責任編輯—邱憶伶
責任企畫—張育瑄
封面設計—五餅二魚文化事業
內頁設計—我我設計工作室
發　行　人
董　事　長—孫思照
總　經　理—莫昭平
第二編輯部
總　編　輯—李采洪
出　版　者—時報文化出版企業股份有限公司
10803台北市和平西路三段二四〇號三樓
發行專線—（〇二）二三〇六六八四二
讀者服務專線—〇八〇〇二三一七〇五．（〇二）二三〇四七一〇三
讀者服務傳真—（〇二）二三〇四六八五八
郵撥—19344724 時報文化出版公司
信箱—台北郵政七九～九九信箱
時報悅讀網—http://www.readingtimes.com.tw
電子郵件信箱—newstudy@readingtimes.com.tw
第二編輯部臉書 時報（出）之二—http://www.facebook.com/readingtimes.2
法律顧問—理律法律事務所陳長文律師、李念祖律師
印　　刷—華展印刷有限公司
初版一刷—二〇一三年一月二十五日
定　　價—新台幣二八〇元
⊙行政院新聞局局版北市業字第八〇號

國家圖書館出版品預行編目(CIP)資料

您撥的電話未開機！ / 李偉文著.
--初版. --臺北市：時報文化，2013.01
面；　公分. --（View；10）
ISBN 978-957-13-5717-1（平裝）

855　　　　102000769

ISBN 978-957-13-5717-1
Printed in Taiwan